骰子與葡萄

Intertwined Revelry of
Dice and Grapes

古魯——著

交織的舞會

愛與人生：
解析古魯《骰子與葡萄交織的舞會》

/ 蔡富澧 /

國立高雄師範大學 國文所博士
/ 人間魚詩叢刊 主編

　　有些時候，詩只是詩；而更多時候，詩不只是詩。除了極少數如《詩經》或《楚辭》上的一些宮廷祭典之作，更多的詩都是為了生活情感而作，在自我抒情療育的同時，也激發了讀者的共鳴共情。古魯的《骰子與葡萄交織的舞會》除了具有這樣的同質，還多了一些現代詩中較難得一見的特質。

　　用一句話概括古魯的人生和這本詩集，那就是「黑手老總的詩意人生」。

　　黑手是古魯的多年的職業，老總是他一生職業生涯的成就，而詩人是他一生的堅持。嘉義竹崎出生的古魯，從高雄工專畢業後，便投入俗稱黑手的汽車製造業，幾十年的時間，從最基層的工人晉升到知名汽車廠的總經理，在廠裡，他是統領數百人，鐵面無私的領導者，可私底下，他又是一個孝順的孩子，盡職的人夫、人父。除此之外，罕為人知的，他還是一個優秀的詩人，堅持寫詩數十年。截至目前為止，古魯仍持續著每天四、五點開始寫詩的習慣，在大地仍舊一片沉靜時，古魯的思維已向著詩的原野奔馳，尋找花繁葉茂的詩的天堂景象，他用最原始的筆和紙，一筆一劃、一字一句地記錄下心靈感悟的履痕，創作出一首首別具韻味的詩。多年的堅持，詩的創作已經成為古魯生命的一部分，在他這本詩集中，不經意間自然流露出自我觀照的生命意識。

　　生命意識是指對生命本體的觀照與思考，包括對生老病死的生命歷程以及人生價值的體認與關切。生命是不可逆的，單向的流動不羈及其不可重複性，催化了人類的生存意識。對生存的渴望，對死亡的憂懼，對人生無常的感傷，對生命意義的關注，都是生命意識的具體形態。在古魯詩集《骰子與葡萄交織的舞會》寫作過程，像似興之所至隨意下筆的亂針刺繡，及至第一次編輯討論時，看著古魯自己編輯的七輯詩作，從中檢索出一條以詩書寫的清晰的生命意識線索：輯一貝瑟爾卡之夢是記錄青春的氣息，輯二跳躍是從年輕開始以迄於今的生命詩學，輯三書亦非詩是跳躍的延續與

擴充，輯四芬芳的雜想則記錄了生活的感悟與思維，輯五工作的樂趣是特殊身分的工作紀實，輯六暗電流是在親人生死聚散之間的自剖與挖掘，輯七柔和的月光則是走過生死關頭後對生命的另一種關照。已過古稀之齡的古魯，如今心態依然年輕，而隨著歷練的增加，對於詩的創作已經到了隨心所欲的境界，對事、對物、對情、對景，無一不可為詩。正因為如此，這些詩並非一時一地之作，而是在許多個日夜書寫之後的總結、整理、排序，從這些不同時間背景的詩作裡，呈現了古魯獨特的生命意識。而經過整理之後，一條清晰的生命之路昭昭然呈現眼前，其中最顯眼的，當是貫穿古魯這一生多數時間的，對於愛情的思索與感受。

一、愛情是生命的交響曲

在傳統儒家思想中，夫婦是五倫關係的基礎，婚姻確認了夫婦關係的合理性，而愛情則是現代人婚姻關係的前奏曲，沒有愛情，婚姻關係很難成立，生命亦無由孕育延續，所以愛情的重要性不亞於詩的其他主題，古今皆然，於古魯亦然。

青春是令人眷戀和難忘的一段歲月，而愛情則是千古不移的命題。古魯有意用古稀的思維重新勾勒他經歷過的青春紀年，那不是他當年的青春歲月，也不是現在少男少女的青

春歲月，而是古魯在長長的生命中重新醞釀發酵蒸餾過的，屬於古魯現在去蕪存菁後的少男少女的青春歲月。在古魯詩中，小孩子並不是啥都不懂，不是無知，他們只是純潔和單純，他在〈我們只是個孩子〉中寫道：「靈魂告訴我們／不要去仰望天空／那裡沒有生命」，天空當然沒有生命，卻有孩子無窮想像裡的萬物繽紛和變幻莫測：「天空不是天空／那裡有許多獎賞和美麗的讚美／月亮曾經消失在雲彩背後／我們不知道為何下起雨來」。有時候，孩子單純的眼睛看待事物比大人更清醒、更清楚：「人們總以為大人是大人／小孩是小孩／有一天我終於明白／小孩還是小孩／但大人不是大人／他們只是個孩子」，如果保有一顆赤子之心，大人就跟孩子無異，如果大人被利益、名位、權勢迷昧了雙眼，大人的心智也不比孩子高明。古魯用簡單的詩句，說明許多孩子和大人的歧異和同一。

如今的古魯，回頭省視青春時期對於生命和愛情的憧憬與悸動，心頭仍是滿滿的雀躍靈動，他說戀愛是「把頭埋進雪堆裡那麼深／太陽一出來就融化了的東西」，是「就是天寒地凍也沒有忘記接吻的念頭／所有的畫面重來一遍／依然覺得新鮮」，少男少女對於愛情的態度「內心渴望猶如空著瓶子的酒櫃／那傢伙簡直就像翻滾下山的石頭」，那一種衝動與衝勁是任何人都禁絕不了的，古魯以詩的語言、精準的譬喻寓意了愛情在生命中的甜美與純粹。這是詩集的第一首詩，也是記錄生命的第一個印記，愛情也是引領古魯走入詩

的國度的鑰匙，讓他領略到愛情和詩的況味。

　　古魯寫愛情，不局限於純情之愛，也呈現肉體之慾，肉體的慾望可以獨立於愛情之外而存在，但愛情的後續則很難沒有性愛。愛情詩可以不寫性愛，但以性愛寫愛情則必須掌握分寸，「愛」與「淫」的尺度拿捏，對詩人是一個嚴肅的考驗，古魯在這方面掌握得恰如其分。在〈作繭自愉〉中，古魯認知到愛情甚至以後的婚姻可能會是一個自己編製的「繭」，但年輕的心卻願意在繭中尋找快樂和幸福，那時，愉悅的性愛之樂是溝通繭與幸福的孔道，經由性，愛情得到應有的認證：「加倍的雙足奉還啊／天地／如腰際射出的箭／再也無法從語言中拔出／地震證明搖晃的存在／妳知、我知」。唯其「思無邪」，所以慾是愛，古魯書寫性愛的詩跟詩人年齡無關，跟詩中少男少女年齡無關，出入自得，愛中有慾，樂而不淫，讓少男少女的愛情不是脫離現實自說自話的夢言囈語。

　　愛並非一往無前的順風順水，水到渠成，愛情也會有猶豫、有遲疑，有徬徨和無依。在〈心將走向何方〉裡，沉湎於愛情之中的古魯，也為生活、工作而勞思費神，在現實與理想、愛情與麵包之間拉扯：「愛情的魚兒在我心中嬉戲／血管如囚徒般唱著聖詩／心臟的鳥兒飄浮在群樹之間／我的心將走向何處？／黃昏抑或黎明？／生產線上忙著組裝孤獨的車子／靈魂被黑暗反鎖在門外」那是一個男人為了生活拚命努力的場景，也是一個黑手被勞動壓榨到靈魂乾枯的反

問，麵包可以沒有愛情，但愛情不能沒有麵包，古魯知道，只是不甘；但是迫於現實，有時候，妥協和逃避是必須的選項。他說：「如今／我怕嫁給生活／或許／雙手也曾觸摸過愛情的形狀／為那只陶瓷娃娃的心跳擔憂／傾其所愛、領受飛翔」，如果不曾愛過，就無需這般的剖心自白，唯有經歷過現實與夢想無法兩全，才能一語道出其中的艱辛與不捨。一個每天在生產線上全力以赴的人，身上的愛，心裡的詩，時時對撞糾纏，讓人對愛情的不易產生共鳴，卻也不得不正視古往今來愛情故事中的無數悲喜劇。怕嫁給生活，是因為生活太苦無力顧全愛情，而沒有愛情的生活是令人害怕的，所以願意傾其所有領著陶瓷娃娃般的愛情一起飛翔，這才是生活的目的，這才是為愛遲疑糾結的答案。這是古魯的經驗，也是大家的經驗；這也許不是古魯的親身經歷，卻是身在愛情漩渦中的人無法迴避的課題。沒有波折的愛情美好得太過一廂情願，懷疑、失戀、背叛、分手、復合，甚至結婚、離婚，都是愛情不可分割的一部分，或多或少、或緊或弛地呈現在愛情的交響曲中；古魯用他的經歷和語言，告訴我們他生命中所知道和經歷的愛情，古魯也用他的愛情觀，為我們演繹一條生命意識的軸線。

二、生死是愛情無盡的延伸

　　生與死看似兩個全然對立的命題，相對於那些「千古艱難唯一死」的凡夫俗子，在某些豁達者、開悟者的眼裡，卻

是生死一如、生死不二的，人的精神和生命都是不生不滅，不去不來的。對於生命有怎樣的思考，就會有怎樣對待生命的態度。對於愛情亦然，不同的愛情觀，就會展現出不同的生命意識。

所謂「悲莫悲兮生別離，樂莫樂兮新相知。」對於平凡的芸芸眾生而言，所有的生離死別都是人間至難之事，過後，有的人可以輕輕放下，華麗轉身；有的人卻始終放不下，魂縈夢繫，此中沒有高下善惡，不過都只是個人的抉擇而已。有了少男少女初相遇的相知相愛相惜相守，甜蜜恩愛過後最終免不了生離死別的大慟，古魯亦然。在〈天堂的岸邊〉裡，古魯寫道：「甲板上／我曾經擁抱過的少女和她的夢都還活著／每年夏天／我和妻子的靈魂都會來此相會／依舊可以找到年輕時約會的教堂／而那艘／被親吻過無數次的小船／已經遠遠地擱淺在天堂的岸邊」看似輕鬆，卻字字血淚、如泣如訴。那是經歷過死亡的痛苦與不捨之後的放不下，是放不下之後的痛徹心扉，是痛徹心扉之後的追憶與釋然。

然而，要對愛人的死亡釋懷並非易事，畢竟那是從青春到老年的相知相愛相守的一生情，除了情感的交織，還有家庭的組織、親族的血緣融匯，然而其中最讓人眷念的，仍是最核心的愛情。〈告別〉詩中，古魯說出隱忍的心緒：「另一個世界／要經過火的容顏化為塵土／淚水早就成為風的灰燼／無所不在」無所不在的是他悲痛的心情，經過烈火，所

有曾經華麗絕美的容顏笑貌都化為塵土，飛往另一個吾人難以到達的世界，剩下的就只有淚水了，而成串成行的淚水，在古魯筆下成了風的灰燼，無所不在，因為那是跨越藩籬界線的思念。在〈一葉拂袖而去〉中，古魯道：「皎潔的火焰不再暗澹／或者成為灰燼／淚水猶如骨灰／撒在青春的塔頂／唉！漂亮的花朵／在同一個地方生長／也在同一天凋零」在此，古魯不介意寫出自己的傷心淚下，那不是脆弱，而是深情，是一個昂揚丈夫的男兒有淚不輕彈，愛情重在付出而非只是占有，一旦失去分享的對象，愛情便顯得貧弱蒼白，淒涼悲愴，凋零的花朵，即使曾經漂亮，如今看來只是徒惹傷心。古魯猶如失行孤雁逆風飛，他用一個無奈地嘆息，來為自己的傷感落淚作結，生命之無常若此，悲痛只能長埋心中。

至親至愛離去的悲痛，總會在無意之間被觸碰、被想起，那是對於過往的回憶和追懷，那也是另一種生命型態的延伸，唯有想起往事，才能感受那份愛情的永存，也許，只是那麼小小的一個觸機。在〈閏七月〉裡，古魯坐在龍山寺的石板上發呆，「快點進來坐吧！」廟裡的師姊這樣喊道，於是：「這讓我不禁想起妳的任性啊！／已經無法尋找肉體／像一隻紫斑蝶飛過／孤獨野薑花的矮叢」。肉體已經化作一隻紫斑蝶，不知有意還是無意地，飛過孤獨的野薑花叢，那是只許寸心知的愛情寓意，那是不容愛情消逝的追慕與摩想，那不存在的，其實都是存在過的，只是不曾說出口的；而說不

出口的，卻遠大於已經說出來的。

　　這世間許多愛情是經不起考驗的，包含時間、忠誠、貴賤⋯⋯，但也有些愛情是能夠經受考驗，超越生命長度而存在並向前延伸的。古魯生命中的愛情正是這種不受時間限制，超越生命的存在，這種情懷讓他想起往日種種，彷彿另一個生命依然還在，沒有因為時間流逝而消失。在〈禱告〉中，古魯懷想道：「那兒有一間房子／陽台上曬著妳未乾的畫作／那兒有一只信箱／信奉的是愛情的郵差」除此之外，那裡還有一只池塘，一個流著浪漫的友誼之水的水龍頭，一個羅列著是我愛妳的星星的夜晚，還有可以替他倆的故事見證的一間教堂，他所禱告的是：「愛妳是我的原著／沒有人可以奪走／除了上帝的靈魂／註定被妳翻譯一輩子／儲存在生命的細胞核裡」古魯儲存在生命的細胞核裡的愛，只屬於一個人，也只能被一個人擁有，除此之外，再無其他人可以登堂入室了。也因此，當摯愛逝去，「以為是自己無意間抓到的緣分／還來不及把握的當下／已經被當機的誤觸從內心裡刪除／十一月／再也無法做九月裡的事」一失去就成千古恨，即使只差二個月，十一月就是無法再作九月的事，那是什麼事呢？只有古魯說的你知、我知，愛情千古事，得失寸心知。

　　從愛情這條線，我們看到古魯生命意識中的主軸之一，在這條主軸中，愛情不只是情感，不只是時間，更是付出與

疼惜、成就與思念，是浪漫得一絲不苟，是真誠得無以復加。在西風東傳，性觀念日益解放的年代，像古魯這樣的一個歌詠愛情至死無悔的專情男子，堪稱已經是當代的稀有動物了！或許跟年紀無關，而是那份來自生命的細胞核裡對於愛情的神聖與慎重，也是他由年少到死亡並向後延伸的擇一固執、殉身無悔的生命意識。

　　《骰子與葡萄交織的舞會》是一本文字精練、內涵豐富、情感真摯且題材多元的詩集，除了前面已經探討過的以愛情的面貌呈現的生命意識外，古魯對於「詩」的思考探索，對於身為機械工作者的職業探索，對於生活美學的記錄與深耕，都是歷來各家詩集中較為罕見的面向，讓台灣現代詩增添幾個面向。箇中精華，還有待讀者深入閱讀、咀嚼和反芻，從詩中探得古魯「黑手老總的詩意人生」。

古魯的移動城堡
旋轉 90 度的視野與

/ 李政鋒 /

台灣人間魚詩社文創協會 理事長
/ 移動能源股份有限公司 董事長

旋轉 90 度的激盪

直視古魯的文字，尚無法捕捉詩人的心靈，
換個視角，則意象紛至沓來。

　　閱讀古魯的詩是一場有趣的探索，有時，讀者會迷失在看似淺而易懂，但又充滿謎團的文字之間。有時，文字與文字呈現出生動的意象，如夜空中閃爍的星子，引人入迷也入謎。

　　這樣的閱讀經驗十分特別：它是文字、語言的邏輯串接，但也是邏輯思維的翻轉與挑戰，更是理性與感性相斥、相容的觸發。

例如這首〈多麼美好的事物〉：

> 是夢境，是那夢像水草般溫柔
> 像無厘頭的牽牛花對著星星微笑
> 像搖來晃去的船隻駛入叢林
>
> 抿著嘴唇呢喃道：
> 我活著是為了引您思念
> 哈哈⋯⋯放下滑鼠、鍵盤熄燈
> 電腦螢幕安靜得像不說話的隱士

不會在夜間開放的牽牛花竟然「對著星星微笑」，「抿著嘴唇」其實是無法言說的，卻能「呢喃」。細思這幾句詩文，可以感受到作者透過文字，想要傳遞的是隱藏在生命深處內斂的渴望。

再看看這首〈貝瑟爾卡之夢〉：

> 一棵櫻桃樹
> 長在那裡
> 沒有更大的雨
> 把它從睡夢中驚醒
> 天空
> 一隻鳥輕輕飛過就下起雨來

翡翠般的雨點
如卡片的船
冷笑著

任性的風
從山谷的那邊飛來
不再是一隻溫馴的鳥
巨大啼聲
像撐著烏雲的傘往下跳的夢

打開太陽手機錄下它們
大地
一些靈魂不朽者躺在那裡
冷清的聽它們凍僵的凡音

紫色空氣中
雷電交加的暴風雨底下
永恆
似乎安靜的與夢長眠
享受著一片野草莓的綠色建築

　　文字中充滿豐富的意象：櫻桃樹、風、鳥、雷電、暴風雨；還有夢與長眠、靈魂的不朽者。這類「大自然」、「動物」、「生」與「死」的象徵與暗喻，在古魯的詩中處處可見，看似淺白卻又不容易直接理解。

　　看來，作者的意圖並不是要傳達明確的訊息或情感，或許他更想要喚起讀者內心深處的共鳴和想像；這也是品味他的詩所能獲得的樂趣。

　　翻閱整本詩集，古魯獨具匠心地建構出一座座謎宮般的城堡，在文字與文字的轉角處隱藏著令人驚喜的發現。詩人邀請讀者勇於跳出原有的框架、挑戰固舊的思維與邏輯。在古魯的創作城堡中，只要如同遊戲中的孩童一樣，「自願」迷失在文字之間，就能獲得更多的心靈意象與啓發。

　　然而，即便敞開心胸，遊戲於古魯的詩作中，我仍然無法完全掌握詩人的心靈世界。或許是因為詩作中豐沛的意境與想像，如同生機勃勃的大自然。面對生命力如此強大的詩作，我就像進入意象森林（或叢林）的旅人，苦思如何方能一睹林中城堡主人的真面目。

　　就像現在，我正躺臥在西雅圖旅店中，眼前是高樓的落地窗，清晨三點一刻，因為時差的緣故，我還清醒著。身旁放著古魯的詩作，而我瞇著眼望見東方天空微醺的玄墨簾幕。外面的世界依然沉浸在靜謐之中，只有遠處高速公路上流動的車流，穿梭於丘陵地的輪廓之間，留下一道道閃爍的車燈。

　　我從高處橫臥俯瞰，遠處的北方有著一個紅色的小點，隨著時間逝去，逐漸消失在地平線之下；而南方則是一道道偏藍的光束，隨著時間的推移，漸漸被黎明所吞噬。兩個方向的車流交錯穿梭，猶如流星般閃耀，組成了一幅動態的畫面。

　　剎那間，我跌入一種旋轉90度的視角，天地的光影在微張的雙眼間錯織成一幅壯麗的畫卷：遠處的紅點與偏藍的光束，有如盛大的煙花表演，每個細微的光點都是煙花樹上明亮的火花，點亮清晨的寧靜。

　　在這個不寐的清晨，我忽然明白，如果能以旋轉90度的視角，讓時間和空間交錯、生與死、美好與衝突相互流轉，或許能解讀古魯的內在世界——人生並非一場又一場的平舖直敍。

扳手、鋤頭與文字的移動城堡

古魯的詩作，是移動在工業與農業、在廠間與土地、
在生與死之間的文字城堡

　　認識古魯這個人，會訝異於這個人與他的創作完全是兩

種不同的呈現：他來自南部山區的農村，從事的是重工業的汽車製造，除此之外，他還全心投入詩的創作。

以上這三個特質：工業人、農夫與文字創作者，數十年來，恆定地成為古魯的日常，而他也自由在這三個世界中移動：每個星期往返於故鄉與工作場所；他用文字創作串接起扳手與鋤頭。

汽車製造、農作與詩文創作這三種不同的創造方式，如同宇宙中性質各異的星球，各自擁有獨特的軌跡和生命。

一輛車從金屬素材的打造到組裝完成，是現代工業無中生有的極致展現。自動生產線上的每一個步驟都經過精心設計和緊密的管控，不僅要有高度的精準度和效率，還得具備極大的彈性，才能生產不同種類、型號、顏色和配備的車輛。在這個動態的過程中，各種零件必須在不同的時刻組裝在一起，才能造就一輛完整的車輛。整個製造過程就像是一場技藝高超的舞蹈：每一片材料、每一個模組都按照嚴格的順序和節奏進行組裝，以確保最終產品的質量和性能。

扛著鋤頭的田園生活，是汗水與土地的連結，也是大自然「定」與「不定」間的堅持。而寫詩儼然成為古魯移動在工廠與田園之間的平衡與創造。

　　古魯詩作中非線性、跳躍式、不連續的意象，就像念頭的流動一樣，來去自如，不受拘束。這種無序的表達方式與工廠生產線上的嚴謹秩序和管控呈現鮮明的對比，看似無序的詩文排列，卻隱含著豐富的意象。

　　然而，想要理解古魯詩中的意象，可能不是一件容易的事。作品中跳躍、非線性的呈現；沒有明確脈絡和線索可循，更無法用理性的觀點或一般的文字認知進行閱讀，這也恰恰是古魯詩作的魅力所在。閱讀古魯的詩，有如觀賞抽象畫，需要觀者放下對常規思維模式的執著，以開放的心態去感受、細品，才能真正領略到其中蘊含的豐富意味。

　　古魯是這樣談詩的：

　　打著赤膊的淚水
　　滴答滴答響著的瀑布
　　早上剛完成的記憶像米粒般成熟
　　放下模糊
　　世界只剩下缺角餘料（〈詩〉）

　　在工廠與田園之間移動，無論身在何處，他每天清晨五點起床，就孜孜於文字創作。

　　問古魯，創作詩的靈感是怎麼來的？

他回答：「就我的經驗來講，能夠寫出讓你終身難忘的句子是在三十歲以前。過了三十歲很少有來自靈感的衝動，寫出那種一輩子難忘的句子。」

問他：「持續數十年詩的創作如果不是來自靈感，那又是來自什麼？」

「任何東西都是練習出來的，你只要一直練習，腦中的文字就會像練高爾夫球一樣，一揮桿就是能達到那個姿勢。」古魯對著虛空揮動無形的桿子說道。

年輕時直接湧出的靈感有如豐饒的大地，詩興迸發時，即使正行駛在高速公路上，都會讓他就近找交流道或是安全的地點停下車來，好將湧現的詩句及時記錄下來。

然而，寫詩是一輩子的事，當靈感不再澎湃而來，勤勉耕耘文字就成為古魯的日常生活。好比年輕時詩興大發、靈感澎湃愛戀上詩的創作，幾經歲月，與詩的感情雖然已不再臉紅心跳，但古魯用一輩子的時光守護這份詩之愛。

在文字與意象之間辛勤爬梳，透過時間與堅持，詩人熟稔地利用文字自由穿梭，這座詩的移動城堡能夠穿越春夏秋冬與生命時光。古魯的詩對生命的無常有著諸多感受和表達，比如這首〈我們不知它何時降臨〉：

爺爺爬過的樹幹
我像熊一樣爬著
美麗的蘋果正在聽
沒有人知道
安然的日子裡有那麼多死亡

死亡毫無顧忌
死亡覆蓋在青草地上
在酪梨園的果實底下
它的根擁抱玫瑰花朵盛開

抓不住的靈感、握不住的歲月，一切都在流逝、一切都
在移動……。

古魯寫道：

百年之後
當青苔變成樹林
美被吊銷執照
夢被取消飛翔
那雙寫不完的手
還在搓揉文字（〈回答日子的方式〉）

寫詩對古魯而言，如同呼吸和生命的關係一樣，是日子

也是人生！

　　清晨五點起床後，一字一句的構思，不論是山居的雞鳴或是機械聲相伴，古魯美麗、獨特的移動城堡繼續它的日復一日的旅途！

發酵的詩悄然醒來
啟幕未知數，

/ 艾亞娜 /

詩人

　　寫這篇序文之前，我並不太認識古魯。然而早在三年前的某一天，在臉書詩社團翻閱時，在眾多作品中發現了「新面孔」——古魯的詩。他對生活感情的意象化描摹吸引了我的目光，曾追讀一段時間。

　　當他邀請我為他的新詩集寫序時，我頗為驚訝。但只問了一句：「我合適嗎？」古魯回答得很簡單，只說了一句「麻煩您了！」於是，我決定不問他的詩歷，接受了這個邀請。我更願意在他的詩中去探索他的世界，進一步了解他。

　　這本詩集名為《骰子與葡萄交織的舞會》，象徵著人生的豐富多變。骰子代表不確定性和變化，葡萄則象徵豐饒的自然與成熟的生命。這兩者的交織揭示了生活中各種元素的相互作用，帶來新奇與驚喜，進而產生創意與美好的可能性。

　　詩集分為七輯，從追逐夢境到心理的跨越，與詩的共情，接著在日常生活和工作中體悟生命的潛在能量，探討意義和追尋存在的感思，最後以回憶愛人來落幕，沉浸無盡的思念中。

　　一開始我沒明白什麼是「貝瑟爾卡」，讀完〈輯一　貝瑟爾卡之夢〉發現作者已經說明，它「是夢境／是那夢像水草般溫柔／像無厘頭的牽牛花對著星星微笑／像搖來晃去的船隻駛入叢林」〈多麼美好的事物〉，這也是他浪漫超脫的嚮往。

　　〈輯二　跳躍〉透過譬喻手法，將心理與生理，念想與現實的鬥爭，用跳脫的思維擬虛轉實將意象突出，如〈靈感〉裡的兩節：

生鏽星星頹廢到只剩手臂
靈魂圍繞著骨頭
荒涼像月光
傳來多孔的希望

太陽流進筆桿裡
我感到
令我勃起的
它來了

　　「星星頹廢成只剩手臂」呼應了創作的動力殘存和堅持，瘦成皮包骨的想法如此荒涼，但又有月光的穿透力，凸顯了在黑暗中仍有希望的微光。終於太陽——靈感滿貫——穿破雲層，流入筆桿，這象徵著轉折的契機。「我感到」、「令我勃起的」表達了作者面對靈感湧現的振奮。用星星、月亮、太陽，從微弱到強烈來描述從夜晚熬到天明的創作過程，借大自然現象做比喻，製造強烈的感受來表達對創作的意志力。另外還有〈下雨〉、〈心將走向何方〉、〈雲牆〉、〈拍賣會現場〉……以超現實，虛實轉換的手法傳達出他對社會和生活的觀感。

　　〈輯三　書亦非詩〉。是的，詩不是無中生有，也不是實體，詩是綿綿不絕的河流，是廣闊的草原，也可以是二氧化碳和氧氣的交換作用。

　　在〈佔滿河流的魚〉裡他說「時間飢餓的肚子裡／吃下許多文字的魚／牠的鰓愛上紅色的語言／選擇一支安靜的筆呼吸」，他還說「我像容器／站在冬天曬黑的漁網底下／等待四月的雨」（〈如果一切是永恆〉），詩有不確定性的涵蓋面，

以是柴米油鹽的日常，也可以是翻騰的思維或平靜到空靈境界。

〈輯四　芬芳的雜想〉內容呈現出生活的多樣性，對生命的體悟，更多時候是時光流逝的無奈感。

〈幹嘛〉是一首有趣也貼切的作品，作者在文中提到「妳走在蜜蜂回家之前／走在幹嘛的街上」，「剎車雲片喋喋不休／幹嘛的聲音四處飄蕩」，「幹嘛」這兩個字常環繞著生活，日子也都在「幹嘛」聲中過去，可我們有時卻會懷疑這一生都在「幹嘛」了？

> 有什麼對話可以穿過深邃的院子
> 把屋內的生活記錄下來
> 當死神經過時
> 它匆匆在我手上停留幾秒鐘
> 傍晚的大象和星星
> 正企圖把一座橋梁拉長（〈月光下的院子〉）

傍晚象徵過渡或轉變，大象意喻著力量、穩重。星星出現在夜晚，是希望或遙遠的目標，兩者都是龐大的，但因跨越了巨大的空間所以「拉長橋梁」，表示延長情感或是加強某種關係，這也表達出作者內心的欲求。

〈輯五　工作的樂趣〉主要是苦中作樂，自我調解。〈辦公室裡我洗著碟子〉描繪辦公室職員在日常工作中的迷茫與自我反思，運用了夢幻與現實交錯的手法，表現出內心的掙扎和對自我身分的質疑。

辦公室裡
我彷彿見到自己的影子在空中
絢麗地張開翅膀
向著一條既暗且長的街道飛去（〈辦公室裡我洗著碟子〉）

這段充分表現了作者渴望逃離現實，追求自由和解脫，但這條街道的描述又暗示著前方的路充滿未知和挑戰。

月亮打扮樸素得像位助理
她把發言的星星寫進簽呈
丟到面前要我簽字

我停下來了
被一名黑衣使者給撞上
從床上躍了起來
百思不解地看到自己
正低頭在辦公室裡洗著碟子

也許他希望助理能像月亮搬溫柔，繁多的任務和責任能

像星星一樣美麗閃耀，但在最後一節覺醒中重新面對現實，用「一個在辦公室洗碟子」的平凡身分悟出不管職位的高低都只是為「五斗米而折腰」。

〈輯六　暗電流〉聚焦於生命的自然循環和死亡，如〈一葉拂袖而去〉其中一節：

花蕊的往事匯集到果實的核
極其考究的花叢中
只有一片枯葉老去

「花蕊的往事」也許可以想像成青春，「果實的核」代表著成熟，一些經歷能在成熟的「果實」中回味，而「核」的脫落代表新生命的延續，「只有一片枯葉老去」則是另一角度的感慨，葉子與「極其考究的花叢」形成了反比，與其說它是凸顯生命的轉變，不如說它有時光流逝寂寞的感覺。

對人生，作者展現了一種豁達的態度，如〈街頭〉裡寫道「有一首黑色的歌預言／恐龍骨被刪除／其實什麼也沒發生」，人一生最大的事莫過於生死，其中的悲歡離合不過是走個過程。「一個雙手插進口袋裡的男人／在手掌的指紋上畫了一個圓圈／瞇著魚尾紋笑容可掬地說／黃昏時閉上眼睛，靈魂就被接走」，他對生死是如此輕鬆釋然。

　　人生在每個階段對愛情都有不同的感受，可以是早晨的
清新，中午的熱情，黃昏的浪漫，在〈輯七　柔和的月光〉裡
的愛情，是溫柔、深沉且帶有遺憾，如：

　　以為是自己無意間抓到的緣分
　　還來不及把握的當下
　　已經被當機的誤觸從內心裡刪除
　　十一月
　　再也無法做九月裡的事（〈眼線〉）

　　這段過去在夜裡夢裡徘徊，卻總被黎明吵醒，所以他的
詩裡反覆的透露了這段心事。

　　那兒有一通電話
　　來自三萬米高空的黎明
　　附在我耳邊被監聽的夢吵醒（〈祈禱〉）

　　夜裡
　　我捏著黎明不敢放行
　　深恐
　　一溜煙，就失去夢境（〈於是〉）

　　古魯的作品多傾向西方寓言故事，運用擬人法將自然現
象、動物或植物之間的互動產生自然力量，生動且深具哲理。

他具備詩人應有的豐富情感,大膽運用超現實手法,通過譬
喻技巧演奏出詩的音樂,將內心世界與外在現實糾纏出一道
光,因此意象充滿驚喜。「骰子與葡萄」是充滿奇幻的組合,
詩集以舞會為名,暗示著每一輯之間存在互動與連貫,交織
出一個感人的故事。

目錄

/ 輯 二 /

跳躍

/ 輯 三 /

書亦非詩

/ 輯 四 /

芬芳的雜想

/ 輯　五 /

工作的樂趣

/ 輯 六 /

暗電流

/ 輯 七 /

柔和的月光

貝瑟爾卡之夢

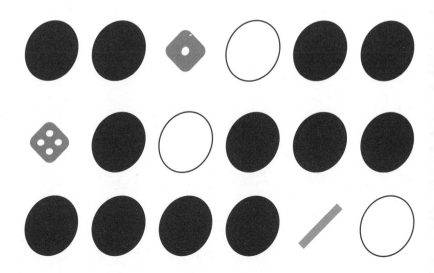

把頭埋進雪堆裡那麼深
太陽一出來就融化了的東西
不是戀愛還會是什麼！

那傢伙簡直就像翻滾下山的石頭
抓也抓不住
不知什麼時候才會停下來
大概為情所驅使吧！

一群青蛙鼓著肚皮
就像年輕少年鼓起勇氣
牛群身上扛著蝨子
黑色靈魂被邀約在空中造路

我對自己說：這是夢
漩渦的內心感覺如月光般清澈

那夢像五月之花般離去……

少男少女

把頭埋進雪堆裡那麼深
太陽一出來就融化了的東西
不是戀愛還會是什麼！

就是天寒地凍也沒有忘記接吻的念頭
所有的畫面重來一遍
依然覺得新鮮
聽到自己的名字被輕輕呼喚
就啊喲咿唷喔地！
一切美好起來
不是少男少女的戀愛又會是什麼？

內心渴望猶如空著瓶子的酒櫃
那傢伙簡直就像翻滾下山的石頭
抓也抓不住
不知什麼時候才會停下來
大概是為情所驅使吧！

夢鄉

冬
在臉頰上啜了我一口
夢
拍拍我的肩膀
夜
踢了我的左腿一腳

我的右手
顫抖寫出句子
它們都像
三月的雲彩飛走了

蟋蟀唱了一首情歌

蚱蜢猛奏窗前曲

虛無吊高嗓音

蝸牛

把露珠裝進行囊

大海

有志難伸

有誰像月亮

緊抓著我的影子不放

不知它是否

會像夢一樣遠走他鄉

夜裡的藍色瞳孔

那晚
月亮把星星找回來
腦袋在我的手臂旋轉
靈魂寫字
天花板對我講述夢中所見
　藍色眼睛乃是窗簾之故
　歷史就像羊齒植物
　生命彷彿一盤棋子

我說
　我屬於星期一
　既非鯨魚骨頭也不是水瓶星座
牛群身上扛著蝨子
黑色靈魂被邀約在空中造路

拉開窗簾，我看到
太陽枯死得像一張白紙
粉紅色帳單在十二月的臉頰上飛舞

我數著那些帳單
一遍、二遍、三遍……
數學不是今晚的課題
我已疲憊地闔上眼皮
在電梯的門縫中遇見上帝

多麼美好的事物

銀幕徜徉在我的眼中
搖晃
情人浮現在我的臂彎裡
靠枕
眼睛明亮地流著三條線
三條線梳在一起
瞳孔裡流露三月的曦光

我像太陽關注著她的身體
像傾盆大雨的雷電在奔跑
像勃然醒來的清晨舒展筋骨
像秋天的蟬對月亮唱歌
她說
　　您唱得好聽啊！
然後倒入懷中

手指不安分的在臉頰逗來逗去
好像有事即將發生
其實是沒有
她笑呵呵地說
　　是夢境，是那夢像水草般溫柔
　　像無厘頭的牽牛花對著星星微笑
　　像搖來晃去的船隻駛入叢林

抿著嘴唇呢喃道：
　　我活著是為了引您思念
哈哈⋯⋯放下滑鼠、鍵盤熄燈
電腦螢幕安靜得像不說話的隱士

作繭自愉

草地上裹著一身濃霧
在冬天的清晨小跑步
風，像一位女優
緊緊抱住樹木下體

它說：笨蛋！撬開核桃
　　　妳將加倍得到補償

吃核桃
那種下雨的日子困惑著我
是否要
嘗試去摘取閃電

聽到雷聲
如雨般幸福、水般知足
滋潤乾烈的柴火

器官
當時只是個孔洞
如今是花園
一頭栽進葡萄的腋下
浪漫
親的是乳房、吻的是海洋

加倍的雙足奉還啊
天地
如腰際射出的箭
再也無法從語言中拔出
地震證明搖晃的存在
妳知、我知

迷失被窩裡的孩子

天空收藏雲的作品
愈來愈多
太陽下山的時候
滿屋子的雲
再也放不下

出門的時候
還捧著白色茉莉追趕我們
想來，一切充滿回憶

回家的時候細雨滂沱
它穿著看不見的黑暗
撐起一把星星的傘
跨越屋前的靜寂

我倆把影子投在泥濘的路上
走進月亮的廚房
滿屋子的魚
妳發出尖銳的叫聲
水開始流動
浪花把我們都淹沒了
直到，燈光打開
水龍頭的船上跑出一朵朵的雲

亮麗的那晚
我倆在葡萄的電梯裡攀爬
聖誕樹唱著歌
閃電烤焦黑色的雲層
一隻小貓在窗前歡呼
我倆
像迷失被窩裡的孩子

沙灘上

沙灘上
男孩牽著女孩的手
女孩彎腰，一邊尋找貝殼
邊問
　　你愛我嗎
　　當然愛呀
　　那你為什麼不等人家
　　好好！等妳就是嘛

男孩拉著女孩的手
指著遠方
　　那我問你
　　我和雲彩比較，你愛誰
　　哈哈！我愛妳的任性
　　也愛雲的寬容

女孩：哼……
用力把腳下一顆海螺踢得好遠、好遠……
不遠處
一對老夫妻斜躺在藤椅上
目不轉睛地望著沙灘
心想，那曾是年輕時的自己啊

記憶，在彌留之際
愛情是樹林中的雲片
驚喜是驟然降下的那場雨
始終打濕著風帆

清醒的淀河

耳後苦惱的淀河
在暗夜裡潺潺流著
神賜的月光下
未睡眠的小樹
是天花板上耀眼的金星

橢圓形的天花板
窗簾上飄著窗外的景色
斜斜地映在耀眼的草皮上
三個巫師輪流擲骰子
骰子出現
一點、二點、三點、四點……

凱蒂貓背包裡藏著無數的魚
夢境在追逐、兩點間來回奔跑
它在一棵倒下的石榴樹旁停下來
黎明經過了一點、二點、三點……
在一口未喝完的冰冷咖啡杯裡冒泡

探究

2022那年除夕
我駕車自白皚的雪地上經過
從合歡山到上巴陵

我記得一個夢
它摸索著車子上的門把手
接著一道曙光搖下車窗
月亮像巨大的白蛾張開翅膀

這霧中之花
它沿著頭燈的方向離去
不一會兒
消失在十二月冰封的夢裡

貝瑟爾卡之夢

一棵櫻桃樹
長在那裡
沒有更大的雨
把它從睡夢中驚醒

天空
一隻鳥輕輕飛過就下起雨來
翡翠般的雨點
如卡片的船
冷笑著

任性的風
從山谷的那邊飛來
不再是一隻溫馴的鳥
巨大啼聲
像撐著烏雲的傘往下跳的夢

打開太陽手機錄下它們
大地
一些靈魂不朽者躺在那裡
冷清地聽它們凍僵的梵音

紫色空氣中
雷電交加的暴風雨底下
永恆
似乎安靜地與夢長眠
享受著一片野草莓的綠色建築

回答日子的方式

2023從我的句子裡刪除了
被一支離開的筆和一張網路上的紙
一隻文案蜘蛛在森林裡尋找它們
一朵燦爛的玫瑰花對它微笑
我也在夢中遇見了它

一隻青蛙鼓著肚皮
就像年輕少年鼓起勇氣
我走到它的面前：
　哈囉！
　一切只是漣漪
　一切都是鹽分之故

百年之後
當青苔變成樹林
美被吊銷執照
夢被取消飛翔
那雙寫不完的手
還在搓揉文字

一支筆桿好奇讓我抬頭仰望
向日葵張開的方格子裡
存放著五百年前的記憶
再見吧！
昏睡的山
黃昏已經摘下一天的行程
在海的波濤裡
找到安身的客棧

我們只是個孩子

靈魂告訴我們
不要去仰望天空
那裡沒有生命

但我們只是個孩子
天空不是天空
那裡有許多獎賞和美麗的讚美
月亮曾經消失在雲彩背後
我們不知道為何下起雨來

人們總以為大人是大人
小孩是小孩
有一天我終於明白
小孩還是小孩
但大人不是大人
他們只是個孩子

他們認識的日子不是日子
每天都有一首動聽的歌
都有一朵花瓣在書本裡
都有一個故事隱藏著祕密

那裡的蜜蜂認識他們
樹木了解他們的心事
蝴蝶則是紅粉知己

對世界，只是個印象
對大海，只在乎貝殼
擦乾眼淚只為了一樁傷心事

彷彿已經知道人生的道理
卻找不到適當的詞兒
把它說出來
因此
他們找到一種語言
對著河流唱歌

當年的風

嘴唇輕觸花的氣息
它的純潔像自然的友誼

那時候的青春真假難辨
愛情離我不遠
曾經
情不自禁的被吻了一下臉頰

發燙的金牛座的崗哨上
死皮賴臉的金星
剛剛闔上眼睛

圓月
獨守空閨地渡過七夕的海岬
敏銳的漲潮
正在向中秋的法位緩緩移動

葡萄

等待井邊的黑夜降臨

天空輪迴

創造了夜色靜如寒霜的肌膚

又白又淨的浮雲

它在乳房上卻面如朝露

初一不是我想像的樣子

十五也不是

剛剛分手的一場戀愛

又開始誠實地摟著悲傷

好似一根魚刺

卡在溫暖的喉嚨裡

成為我難以入眠的花塚

較
量

珠璣必較的清晨
醒了又睡、睡了又醒
妳無敵的眼圈
掛在我的窗牖畫著線條
三角形的綠
塗抹窗框的語言
投射進我的推敲

我對自己說
　　這是夢
漩渦的內心感受如月光般清澈

妳抿起嘴唇笑著
葉脈輕輕插入雨庇側
白晝的臉龐像蜘蛛網
尖尖的灰塵搓揉成雨絲的麵條
此刻
睡著的我和被喚醒的妳
竟是如此遙遠

打開紗窗
我把聲音裝進耳朵裡
聆聽
黎明像故鄉的蘆笛吹奏
原來是薄薄的句子寫在玻璃上
雨不可能停歇
妳也沒有縮手

一切看似得宜

你追著記憶的風
纏繞石頭上的黑夜
晨間沾滿時事的露珠
它們都不用等待

火山噴發時發出的尖叫
樹枝折斷時掉落的閃電
無言拒絕時的冷漠
它們都可不治而癒

愛情的告白在唇間得到證明
活著的讚歎
只有在破碎時才能聽到聲音
死亡即使挨得再近
也難聽到它的呼吸

如果輸掉了日子
那一定是一頂桂冠
由故事和綴草編織而成

跳躍

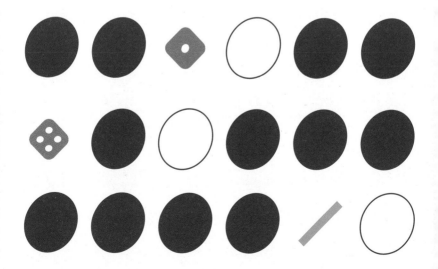

憤怒的頭頂上有人在沖洗家具
接著是馬桶傾倒和摩擦地板的聲音
一頭老牛拖著霧水忽東忽西……

一群把心撕碎了的老漢
面對懸掛樹上的年輕果實
它們內心深處
有一種無法勃起的障礙……

所有的想像都如
美麗的兔子在森林裡奔跑
一支筆將它們射殺、烹煮、擺到餐桌上

六月的暑氣剛過
夏日接走了
投進籃框裡的球……

下雨

憤怒的頭頂上有人在沖洗家具
接著是馬桶傾倒和摩擦地板的聲音
一頭老牛拖著霧水忽東忽西

蜂群對我說出了祕密
黑色湖泊和靜止的樹都緊關門窗
一條河流老淚縱橫地向大海哭訴

枯葉如燃燒的紙船在海上演奏
兩點之歌
這一切都發生在女畫家
安然靜止的鏡子裡被推開的屋頂

心
將
走
向
何
方

三月杜鵑
身上扛著濃煙
我認識我
是高傲天空中掛著的紅彩條
星星帶它遠走高飛
河川和濃霧吻了我
嘴唇是那尖叫聲中被親吻的瀑布

天剛亮，夢初醒
半導體的思想掌握著我的言行
月光下的貴婦拍打我的身子
我的肩膀、我的胳臂
有河川的臍帶與廣闊的洋流

愛情的魚兒在我心中嬉戲
血管如囚徒般唱著聖詩
心臟的鳥兒飄浮在群樹之間
我的心將走向何處？
黃昏抑或黎明？
生產線上忙著組裝孤獨的車子
靈魂被黑暗反鎖在門外

如今
我怕嫁給生活
或許
雙手也曾觸摸過愛情的形狀
為那只陶瓷娃娃的心跳擔憂
傾其所愛、領受飛翔

詩

所有的想像都如
美麗的兔子在森林裡奔跑
一支筆將它們射殺、烹煮、擺到餐桌上
何等瘋狂啊！

只有一匹白馬趕來赴約
牠將流離的語言拼湊在一起
自己是肉體
失所的天空掛著長長的字跡
是烤焦的魚眼星星

打著赤膊的淚水
滴答滴答響著的瀑布
早上剛完成的記憶像米粒般成熟
放下模糊
世界只剩下缺角餘料

減肥計畫

垂死的牛肉在砧板上掙扎
報廢的鯰魚堆積失序的廚房
生日禮物、派對
拉拉雜雜的邀約
唯唯諾諾地對刀叉懺悔
也無力改變鏡子背後
手擲紅酒杯的魔鬼

究竟要如何學會
向地心引力的誘惑說不
偷懶一下都不行
緊緊跟在地球腳步背後
像秒針一樣地付諸行動
在臉部的刻度上寫下作戰計畫
然後
悶聲不響地把它擦掉
重新抱起體重計旋轉

暴風雨

哇莎比的天空在烹煮人頭
我的心
像米列博物館的作品般憂鬱

大地彷彿微風廣場上烤焦的麵包
分崩離析的鏡頭裡
只有雷電在安慰墳墓

天邊一臉懵逼的安靜
海邊
一株櫻桃紅的樹幹駝背、彎腰
被砍成鋸子形狀

手無寸鐵的地平線上
漁夫回來了
船身窩囊地打哈欠
魚群正在顫抖

黃昏的山毛櫸有救了
雲層成了隱密之所
河流正在海底撈針
紅鮭魚正在挖掘瀑布

你問我
　平凡的日子有多糟？
我說：上帝正在考驗人類

靈
感

語言有時僵化
只剩下枯索一行
放空銀幕上的春天

空白的肝腸柔弱地
只能著陸在乾涸的河床
天空靜如齒輪般轉動
夢境的雲層傳來摩擦聲

活著的文字快被剔除乾淨
死亡的符號疾如閃電
生死合而為一

生鏽星星頹廢到只剩手臂
靈魂圍繞著骨頭
荒涼像月光
傳來多孔的希望

太陽流進筆桿裡
我感到
令我勃起的
它來了

艾克爾温泉

上帝保佑孤靈的野花
它還在爛泥灘的地上綻放

有一個機構叫比爾卡佛
有一份報告叫萊克多巴胺的祕密
有一處地方叫艾克爾温泉
它的氣候漲了半根停板
房地產跌了半個世紀

那裡的農夫朝著雞蛋扔石頭
那裡的工人對著機器人怒吼
　　滾回你家爐子
月亮和星星的輻射相互叫囂
　　不要臉的傢伙

太陽脫下白雲口罩
手機程式借屍還魂
整座城市鬆綁了密碼
意興闌珊的月光拖著心不在焉的夜晚
走到大街上吶喊
　微不足道的玫瑰
　何需對春天諂媚
　只需為自己加冕

春天或者冬天

世界用肉體做成麵包
我在等待牛奶
等待天亮時擠出黎明的牛奶
酪梨樹下搖搖欲墜的露珠
一起飲下冬天餐桌上的熱咖啡
和月光下來歷不明的乳酸菌

我用一天的時間浸泡哥倫比亞紫菜
烹煮澎湖豌豆
星星用閃光織成句子
葡萄串連世界的果實
讓湖泊落淚
一首詩停留在漣漪之間

陽光摘取蜂蜜時

誰和我分享那支吸管？

日子轉身離開時

遲到的燕子會用什麼語言和我們交談

春天抑或是冬天？

燒
烤
店

一頭煮熟的乳牛

在鍋子裡跳著

牠身上的牧草

擠出虱子的滋味

我們舉杯

喝著透明的牛奶

向春天草地上的露珠祝福

雨
季

旱季過後
分居的南半球和北半球在一起了
它倆只想作愛
爆裂的野漿果是雨水的高潮
水庫洩洪是懷孕的前兆

之後，彩虹
像不情願的午後情侶
撐起六月的傘
揮淚在斜陽中道別

拍板

一隻白頭翁奏起清晨的野鋼琴
在樹頭上呵呵笑著
牠把我吵醒成為聽眾之一
剛從雲雀的小提琴諧音中
踩著太陽光束降落的遊龍
對號入座不久
公雞挖苦地朗誦
已如金甲蟲脫殼喔喔拍板

月亮，草灰色的姑娘
剛剛紮好黎明的辮子準備出門
蝴蝶仙子大搖大擺地站在舞台上
抽送薩克斯風的管子
揮動雙刃狠狠地踢了銅鈸五下
猶如撞鐘

黃金線條插入門縫
開門見山地替這場演奏
飄洋過海地做了彌撒儀式
蜜蜂身穿囚衣站在石頭上
哼著：我將再起

傷
口

斜紋、欄杆
海上裝滿風月的帆
沙灘上閃避貝殼的珍珠
被遺棄公園裡的門把手
穿梭樹林的濃霧
鮭魚的紅色內臟
鴿子肩膀上的黃昏
徐徐捎來喜訊

或許成為時間的小提琴
演奏一首乾燥的詩
句子裡慘遭活埋

眼中枯萎的地平線
冬天的北風
颳走了一堆腐爛的記憶
疤痕
又從骨骼深處長出零星的肉來

告
白

唱著聖歌降落的山櫻花瓣
粉紅色的一張床單
蜷曲在銀灰色的月光下
舖陳
一群把心撕碎了的老漢
面對
懸掛樹上的年輕果實
它們內心深處
有一種無法勃起的障礙

雲
牆

一些澱粉
一滴血液在我的句子裡
流動話題

還有逆流的蛋白質燒焦
成為記憶
存在脂肪的肌膚層裡
慢慢融解
從肺部滲透進心臟

小徑不偏不倚地
貼著心跳走過風景
像海邊的柔風
沼澤地昇起一道彩虹

希望像一把尺
用它測量理想太短
現實太長
久盤不去的安靜裡
只有落日餘暉
點破紅色的煙灰缸
落在我家門後那堵雲片的牆

拍賣會現場

一匹白馬
騎在隱密的畫布上
伸展懶腰的白樺樹幹
與牠
一場大雨轟隆倒下

胸膛上昇起一只雪白的殼
被突如其來的雷電擊中

目標
燃燒在火的意志裡
只有一件東西
它
穿戴時代的價值
被我說出來

圍觀的人大聲喊著
　彼得格魯
　您的畫值三百元

一記鐵鎚
哄堂落下
醒來之時
我被一陣大雪抬著回家

等待

病人等不及清晨
郵差等不及限時信
一首詩等不及三月
拼首拼尾地寫下二行句子
之後刪除

螢火蟲等不及黑夜
蜜蜂等不及釀蜜的季節
鋼琴師等不及鍵盤
秒針等不及呼吸兩次

院子裡的灰塵捲起袖子
等待回家的月光
蒲公英等不及風為它唱歌
醫生等不及救護車的鈴聲
描繪像妳一樣的柔風
孤獨地在手心相逢

妳穿上衣服
又換上別的衣服
只為了讓機器辨識
但我可以等待
像星星一樣等妳到來

真
相

沒有文獻佐證
一隻貓頭鷹是怎麼死的
時間在偷笑
尼龍絲和草繩在現場
稻草、羽毛衣和樹枝相互指控

此事
與一隻田鼠的死無關
環境和森林被砍伐
農夫在唱歌
動物團體的雜誌被封鎖

我為牠寫一首詩去尋找
血淚斑斑土壤中的記憶
一條乾淨的河流殺死了牠
且將靈魂埋葬在乳白色
多孔的月色下

律師跑去尋找貓頭鷹的骨骸
社會學家將一群田鼠抓了起來
數學家聚精會神地
討論兩者之間的關係
我則仰望星座
尋找電腦裡的關鍵字

清晨

天使說
　妳是鮮艷的母馬
　發出清晨早潮的叫聲
　我是沉睡的大地
　企圖用
　昇起的太陽堵住妳的嘴唇
　且以肉搜的黎明穿越地平線
　隆起的瀑布
第一次看破紅塵

投進時間裡的球

春天走過街上
搖一搖倚在牆角的玫瑰
它倆沒有通話
六月的暑氣剛過
夏日接走了
投進籃框裡的球

書亦非詩

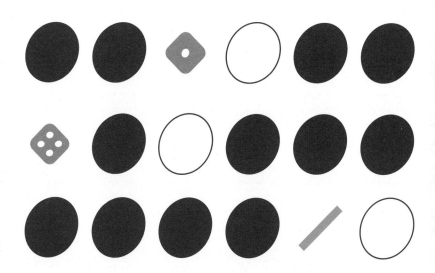

如果一切都是永恆地
我像容器
站在冬天曬黑的漁網底下
等待四月的雨

太平洋的廚房裡，堆滿裸體的魚
擦不掉城市的氣味⋯⋯

此時，我正埋首在一張白紙上
忙著與句子相互吹噓⋯⋯

被我虛擲的一根長矛回來嗆我
　　這世界的瀏覽器不支持你創作的音律
　　難道你不知道嗎？

詩被寫得很少，而我用力閱讀⋯⋯

如果一切是永恆

詩與麵包

都是可口的禮物

讓貴為天使的妳

獻出生命

靜下心來

將一生的吻閱讀

在沒有雜念的地球表面

在一本正經的原子核裡

尋找天空之鑰的歌唱

像秋天吻著樹影

時間吻著記憶

月亮吻著太陽

手指吻著觸摸過的妳

如果一切都是永恆地

佔滿河流的魚

時間飢餓的肚子裡
吃下許多文字的魚
牠的鰓愛上紅色的語言
選擇一支安靜的筆呼吸

太平洋的廚房裡
堆滿裸體的魚
白天都在烹煮線索
擦不掉城市的氣味

寫詩的人和不寫詩的人
同樣憂鬱
鱗片和空如貝殼的天空
彼此把孤獨變得肥胖

妳問我：怎麼辦呢？
我像容器
站在冬天曬黑的漁網底下
等待四月的雨

月亮宛如一條佔滿河流的魚
星星離家的夜晚
隕石像打火機閃過天空
從此下落不明

並非我所說的
否定我所做的
我曾倉促望了生命一眼
留下的全是疑問

足
跡

八月
在鹿的足跡中漫步
有別於秋的野外
沾濕的樹枝上長著木耳
天空彎曲成藍領的花瓣

林間來了登山的霧客
他們愛上青翠的小路
乾爽的野兔咀嚼草地上的花冠
嬌小的紅草莓已經成熟

它，半圓形的乳頭
在蝸牛親吻過的足跡中裸露

吹噓

清晨六點鐘
賴在床上遲遲不肯醒來的太陽
臉色羞赧的依偎在臥室窗邊
還沒有動手親吻紗窗上的露珠
就已經被看似無力的濃霧征服

山岳如濺鳥般沸騰
樹木被蜘蛛的銀針串在一起

縱使有什麼心事想要揭露
也像轎子上羞澀的新娘子
從小齒輪的青草上緩步走下階梯
轎夫的群星
宛如初次登台的媒婆
拉著素未謀面的明天一起降臨

此時
我正埋首在一張白紙上
忙著與句子相互吹噓

弈棋

縮小的鐘
縮小的藝術
縮小的瞳孔裡
世界變小了

在一只專注的棋盤上
修築長城

官方的
私人的軍隊
它們嗅一嗅空氣
在耳朵和指甲之間撫摸
用緘默的語言較量

或者
從不同的角度聆聽
察言觀色
殺人者與被殺者
在凍結交易之後
清點人馬

從黑白中找出輸贏
在零亂的桌子底下
找到失散的勇士
將城牆推倒
相約再戰一回

結局

時間在審判它的筆
筆想從一張傾聽的紙上逃脫
每一行都是句子的出口
文字貼著文字跳躍

然而
這是真實的故事嗎？
一切發生於
筆只想逃避時間的追殺而已
奮不顧身地和思想拔河

想來是一場邂逅
逗點呀、句點呀只是語言的浪花
循著大海的墨跡前進

兩百年後
它們終於可以休息了
筆掉光了羽毛
時間也磨鈍了假牙

文明成為地心引力的結局躲進花崗岩裡
聆聽土地碎裂的聲音

詩是打破沈默的開端

我找不到更合適的文字
和上帝溝通這個橙色的夜晚
它在日子底下是如何靜謐

因此
我會把話說成詩
就像詩是話的靈魂
不假思索地被推到語言的極致

從小時候的課堂開始
詩被冷漠地聆聽
然後
我抱著命運的音符開始閱讀
活著並不會把每行句子磨平

直到，我把希望都變成鐵渣
詩仍像一塊磁石般
吸引著平凡的路人
隔著玻璃窗看詩的風景
天色慢慢分娩

一棵烏梅樹和天上的星星
擁抱冷杉的黎明
一首詩的呼喚
像路邊漸熄的街燈
緩緩消失在一無所有的霧中

草坪上的露珠
緊追著秋天的咒語不放
彷彿一匹冗馬扼住我的咽喉
在塗鴉的背心靜止不動

上帝的福音

彷彿懸崖上的足跡
風信子飛過的虛線
尋找時間的金甲蟲
獵人腳下受傷的鳥兒

不可考的愛情故事和紀念品
只有博物館才知道的歷史標籤
被沖上岸邊的月光
掀開巨大貝殼的天空

跳出生命意義的蜘蛛
情有獨鍾的玫瑰花瓣
被鎖在荷包裡的日子
稀世珍品的時間饗宴

奇發異想褶疊的夜晚與
繁星熠熠的天空
億萬光年未眠與消失在生活中的夢
它們令人稱羨
且都是網路上無法收購的奢侈品

擲矛

擲長矛於天際
儘管天空沒有回音
或者
更準確的說
　那支長矛還沒有離開手掌就已經夭折

幾十年來我卻樂此不疲
有一天
被我虛擲的一根長矛回來嗆我
　這世界的瀏覽器並不支持你創作的音律
　難道你不知道嗎
即使如此
我只會發出會心的一笑而已

牽掛

滿月的風帆
懸掛在海上的浮雲
偶然間相逢
揮揮手，已不在人世

親愛的
妳消失到哪兒去了
是風馳電掣疾走的聲音
抑或是水中靜止的鵝卵石

我和妳真的有過交集嗎
還是平行活著
打雜過的臉孔和稀疏的記憶

過年

過年期間飛來不少的貼圖
張張像螫人的狂蜂
在你我之間瘋來傳去
個個成了已讀不回的檔案
裝進手機的嘴巴裡
成了網路的醃製品

其中一篇這麼寫著
　留下生命的債務
　執著於寫詩的樂趣
　喝著分離的酒介紹認識
　又說出陌生的話互相祝福
　活著和存在彷彿成了燙手山芋
　用來互嗆平安

這就是人生嗎？
一隻路過的蒼蠅板著臉孔說
　我還是會回來的！

清晨的第一首詩

牆上掛鐘用力捶打五下
一聲淺嘗的啼叫
闖入我經營的夢境

隨著零星鳴叫
又有幾聲意味深長的啼音
回應著它的孤寂
之後是內心的旁白

被鄰居的狗吠給催促著
想從暖和的床上爬起來
卻又倒頭躲進被窩裡
繼續聆聽接力大賽

第一聲啼叫應該是
身為指揮的領班叫大家集合
接著第二、第三聲是
班長們發出的回應
　喔！聽到了
　我們正準備出發

然後是大家集合後的清點人數
以及小狗加入之後的補充
再來是
被吵醒的鳥兒們組成的交響樂團

太陽是最後出場的教練
隱身濃霧與縹緲的虛無之間
然而
這些都是一天的前奏
鄉間生活才剛要開始

失去的光彩

不是丟銅板可以決定的命運
一些消失、腫脹、勃起的地方退卻了
只剩下平底鍋的年齡
黏合著細砂在發牢騷
肌膚冒泡

精打細算、眼尖的日子
混合血液流進死亡的巢穴
心臟
用慣了的語言有時心血來潮
成為黎明的朝露
揉碎了的句子被拋棄半空中
成為紫微斗數
點燃夜晚的星星成為蟋蟀之語

美麗的文字拎著紙張

還在趴趴走

但已避走安詳、平淡、無奇的他鄉

此時

手持平板的少女們

剛從學校竄起

她們唱著天籟的呢喃之音

詞彙則無從辨認

永久會員

我加入一個詩人組成的團體
他們說
　　祝您遠離孤單

其實，詩人無事可幹
大家教我瞭解情感
並把它送給高山、海洋、河流
以及湖泊上的小木屋

還努力創造出無事可做的名詞
靈魂、星星和天空
把和諧的東西都歸給上帝
不和諧的關係歸咎於文明

星期一他們說
　　來吧！一起加入歌唱
星期二輪流召集會議
　　討論生命和永恆的問題

星期三努力寫些記錄
星期四把句子張貼在地下道的出口
星期五大家說
　我們可以當評論員了
　因為我們瞭解宇宙、猩猩和人類

星期六我們什麼事都不做
因為要等偉大的星期天降臨

我知道春天不是唯一的花園
它背後還有鳥類和蟲子
數不盡的落葉、苔蘚
和嘶咬人的繁花囈語

拜訪過繆斯住的地方之後
順理成章成了這個組織的永久會員

非詩

詩被寫得很少
而我用力閱讀
它是三月裡天空中燃燒的船
預測不準的天氣
與猜不透的雲
冬天迅速縮手的黎明
很想寫一封信寄給郵差的秋天
告訴他：
詩是食人魚身上睡著的紅跳蚤
很想被鳥吃掉的野草莓
在陽光下拒絕和一本書作愛

芬芳的雜想

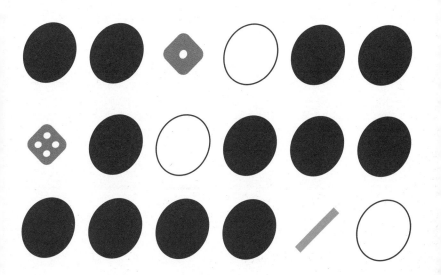

我住的城市處於一種虛脫狀態
古老的血管已經鈣化
醫生正在幫它裝支架……

樹木保持緘默
儘管，它有說話的權利……

從心的這頭走到心的那頭要多遠啊……

短暫地相視一笑，來得輕鬆
卻走得突然

今天有一個吻，明日還會有什麼？

在漫長的接種中
我花很少的時間想那憔悴的新娘

窗前樹

劉西亞正在衰老
她離婚、喪友、病痛加劇
一個人孤單坐在床前
觀看一群雲雀顫抖地飛翔

年輕的太陽剛剛鬆口
露珠像滑雪人
以哀悼生命的方式
用一首冬天的詩
讚美窗前樹

正月
值班的地表
被冷漠的白雪覆蓋
樹木保持緘默
儘管，它有說話的權利

我住的城市

我住的城市處於一種虛脫狀態
擁擠和太多死亡
古老的血管已經鈣化
醫生正在幫它安裝支架

政治的心臟有時跳動、有時休克
心律處於半昏迷
建築師檢查它年久失修的骨骼
像一座大廈
歪歪斜斜的影子一直在陽光中搖晃
一會兒朝東、一會兒向西

精神是一門失落的科學
如今正處在傾城挽救之中
社會的月光時而晴朗、時而崩損

儘管不知道街道的方向是否正確
總是有人高喊
　要把信心找回來！
而真正的聲音又回到夢中繚繞

我沒有對它提出過要求
因，它的回答也是處於虛脫狀態

小於一

我走過的日子回來安慰我
我計算著與每個人的距離
我回憶著自己的影子

我數著一片葉子掉落的秒數
我用上帝的語言在沙灘上寫字
從酒瓶罐裡面
敲出了容器不老的聲音

在大到不能倒的宇宙裡
詩之所以可愛
在於它總是藏著人類的命運
在男女之間飛翔

在我看不懂的數學領域裡
拼湊出蝌蚪
即使它們
成為成功命題的機率小於一

越過灰濛濛的世界向不孕的日子致敬

今日有一個吻
明天還會有什麼
睜開雙眼我仍要作夢
除非寫作
空白就會發生
像醫生的手術刀切割不安的腫瘤

一支筆桿下
紙張彷彿再度占有日子
騰空的思緒與可怕的捏造

一首詩是為了替失去的時間復仇
向它表明
並不準備自灰濛濛的城市撤離

向這位不被記憶看見
已經躺了一個小時的安靜太陽
和它永不放棄的念頭致敬

簡此

心若向著春暖花開的日子
寒意的十二月將不會來臨

濛濛夜裡
等著濃霧
我的等待不經意的掠過樹林、月光
在天狼星座下的一間小木屋裡寂靜下來

屋內點著太陽能的燈光
在一處藏書的角落
我找到一張威嚴的照片
曾是屋子的主人
此刻的他望著我，彷彿在說
　歡迎蒞臨
　但你來此的目的是
　路經此地的遊客？
　兜售物品的推銷員？
　樹枝、老鼠、抑或是
　私闖屋子的竊盜者？
　想要尋找證據嗎？
　章魚，你將空手而歸

如此想法就像
一架安靜的鋼琴
突然在時間的撥弄下
對我發出驅趕的聲音

在一張刻著字跡的餐桌旁
我拿筆寫下
　　今晚
　　彷彿一顆松球
　　墜入我的懷裡
　　帶著果實的情感
　　這裡找到證據
　　駐足且觸摸
　　如同芬芳的夢一般漫遊
　　而這些只是
　　奧妙的旅途中的迴響
　　如同面帶愁容的月光
　　它的腳步如此接近
　　態度悠閒而安詳
　　四周活著如此靜謐
　　彷彿一切未曾發生
　　簡此

要多遠啊

從心的這頭走到心的那頭
要多遠啊！

每束朝霞都在測量世界
每次春天都從窗戶開啟
汝創造的天空，讓吾抬頭
汝創造的孤獨，讓我仰望

不需等到夜裡，就可將汝擁抱
比起最深的山谷
汝是那座美麗的城市
時鐘、孤獨的橋、天空中的彩虹
一樣收錄在我的手機裡

好日子接走了壞日子
晴朗的天空接走了陰霾的天空
一塊塊時間拼湊成步伐
記憶是多麼深遠啊！
傷痛把我們都打成了作家

突然

活著

就像金色陽光下

巴士車上渾沌的微笑

你不明白

他也不明白

短暫地相視一會

來得輕鬆

卻走得突然

鳳凰花開

空氣中瀰漫著無數貪玩的小金星
無厘頭的小學生
像童子軍唱起離別之歌

童稚的歌聲是這樣開始的
青青吾輩
檔案、滑鼠
潦草的字跡
遊戲的螢幕

臉色紅潤的校長撿起掉了的指揮棒
點燃舞台上的光與熱
看似無奇的雲層
露出了一條銀色的裂縫

安靜校園裡
石榴花開了
它們提著燈籠
漫步在操場四周

老師翻開學生的筆記本
在月光下念著
緋紅色玫瑰花和泥土的日記
盛開著火紅花瓣的鳳凰
紛紛掉下淚來

黑色的螞蟻穿上戎裝
佝僂身體
抬著這些浴血的花瓣走過校園

天空再次恢復寧靜
偶爾只有鐘聲走過地面
它們就像青春的含羞草
輕輕一碰就會思念起
罐裝的、鋁箔包的記憶來

下了班

補過妝的店面
鮭魚塞滿我經過的路上
赤裸地游著
像晚班的月亮

口若懸河地吻著門框
吻著樹葉
吻著路邊惡臭呢喃的液體
溢散的空氣裡
找不到八月的足跡

只有昂首闊步走回的鴨子
牠們的歌聲
在這柔軟的天空裡
低吟著一天以來的辛苦

被收購的水

氣象預報員枯坐裂開的電視機前
觀看
星星大跳死亡之舞
焗烤的青蛙是受災戶
危機處理會議
水
多年來第一次發言

表情是哭乾的臉
聲音像水庫般羞澀
它用衛星雲圖告訴大家
雲層正在飄近
氣壓正在形成
請大家再給它時間
上帝沉思著這些競選承諾

幹
嘛

假如大家都疲憊了
有誰留下來
替春天的詩歌辯護

要是妳一無所有
我將不會發現妳
但，妳有的是靈魂
靈魂在雨後的樹上發亮
我將看到它
來往於五根手指的路上

黎明醒來時
樹枝像霧一般彎曲
時間投遞日子
日子卻找不到地址
今天仍在搜尋

逝去的歲月多麼哀傷
它們在閃靈的天空中鳴叫
被糾正的錯誤也許不是錯誤
金髮美女和一堆數字從未發生

妳走在蜜蜂回家之前
走在幹嘛的街上
走在自由的出口
走在朝思暮想的雲端
走在寸土寸金卻無人搭理的街上

有一位哲學家叫貓咪
有一家五星飯店叫天堂
有一個名字叫主義
有一片可以信賴的經驗叫記憶
有一種生活方式叫在夢裡

這些我都無法理解
人們以為無所謂
然而
一切叫幹嘛主義
剎車雲片喋喋不休
幹嘛的聲音四處飄蕩

月光下的院子

我想要有個可以玩耍的家
有片月光的院子
兩棵盛開的桂花樹
母親雙唇緊閉地彈奏鋼琴

我總會忘掉鑰匙
忘記緊閉門窗
月亮偷兒沿著桂花樹下來
偷走了我的歲月
盜取了我的夢想

沉默的鏡子在一旁沉默
我不當拳擊手
可以在瞬間擊倒它們

有什麼對話可以穿過深邃的院子
把屋內的生活記錄下來
當死神經過時
它匆匆在我手上停留幾秒鐘
傍晚的大象和星星
正企圖把一座橋梁拉長

雞肉絲菇

簡潔的初夏之後
沿著靜水拍響的樹林
落葉中
我看到一位新穎的鼓手
撐傘由地心冒出
告訴我，一夜失眠
只為見到今晨的陽光
然後
心滿意足地在黃昏中死去
只有雨的祝福

接種

蒙臉的小護士
細心地撕下標籤
敲一敲玻璃瓶裡的精靈說
　　以慈悲的上帝之名
　　令你倆結合在一起
　　共同生活、相互扶持
　　疫苗是你賢慧的助手
　　終身不渝
　　白頭偕老

願神聖的上帝賜福你倆身上
阿門！
轉身拍一拍我的肩膀
　　你願意嗎？
　　我願意！
卡嚓！一針刺入
在漫長的接種中
我花很少的時間想那憔悴的新娘

工作的樂趣

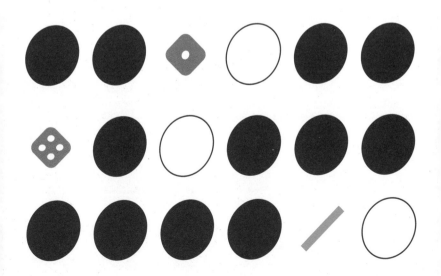

每天踩在刀鋒的路上，工作……
我的回答是
我既愛撫時間、也忘掉時間

鬆脫的骨骼一下子像車廂般
一節一節劇烈的拉動

那些呼風喚雨的人全走了
有意見和沒意見的人也走了
它們都是儲能的星星
在夜晚的紀念冊上閃爍

螺絲、螺帽夫人
他倆一番扭打
他滿足她的螺牙
她緊緊將他擁抱

美好的時刻正在氧化，生命正在發酵

早
安

騎著紅色駿馬的金星早安！

清麗脫俗的月亮早安！

睡眼惺忪的太陽公公早安！

一夜未眠的街道早安！

難以忘懷的昨夜早安！

下了班的螢火蟲們早安！

大駕光臨的今天早安！

露宿街頭的兄弟們

清晨該是回家的時刻

當地上的螞蟻和天空的星星揮手說再見

檢驗員

車子卡住了呼吸
速度不上不下
三個人取出懷中的內視鏡
在喉嚨裡搜尋一番

第一位檢驗員說：
　　我聽見車子的呢喃
　　零件的呢喃
　　和我自己的呢喃

第二位檢驗員重新把內視鏡擦拭一遍
皺了皺眉頭說
　　我看見水氣、霧氣混合著
　　被燃燒過的氣體

第三位檢驗員走過來，拍一拍車子說
　　那些零件
　　那些不良品
　　以及
　　那些廠商

車子發出痛苦的呻吟
三個人拿出手機
記錄下車子的型號和里程數
交頭接耳品論一番之後
對今天的勘查做了如下結論

我們之間有我們不知道的事物
我們之間有許多氣體在流動
我們之間總有許多話要說
我們之間彼此心照不宣與
　　甚多疑點需要進一步討論

司機走過來對三位檢驗員說
　　我瞭解您們的心聲
像烏鴉低頭在池邊飲著露水
車子的身體在一旁顫抖
不發一語

每件事在剛好的位置

沙漠裡
我走了三個時辰
但沙漠仍沒有改變
是的，它一點也不像沙漠

我住的地方如此
工作的地方如此
休息睡覺的地方如此
人生也是如此

它們都在美好的位置上
或許
記憶中的另一邊有更美麗的日出
海邊一點都不喜歡改變
那裡是日落
夕陽像街道蔓延

事情沒有更好的時間、地點
它們選擇發生
吞食句子的蟒蛇
它倒在肌肉鬆開的夢裡
就是那一天

實驗室

無意中發現妳
偶然的一束光線
當院子裡的烏鴉正在蒐集天黑的種子
牠們說：想扒開橘子的皮

那是小時候的記憶
星星宛如金色的火球般
拖曳著一輛火車滾過黎明
車輪嘎吱嘎吱響著

我聽見剎車皮的聲音
感覺那東西就停在不遠的山坡上
林場的一座紀念碑前
司機會步行下車加水

且一邊觀察乘客的變化
他的一舉一動彷彿
倒映在妳打開的顯微鏡中
實驗室外
星星呼吸著自然的月光

螺絲背脊發涼地吶喊
　　我已經找到回家的路
螺帽夫人久在門口等候
他倆一番扭打
　　他滿足她的螺牙
　　她緊緊將他擁抱

氣泵感性的說
　　靜待佳音
　　落日之前
　　將有一輛卡車
　　會從震痛的懷中生產下來

美好時刻正在氧化

夜雖長，到了甦醒的時刻
清晨在唱歌
用樹枝作指揮棒

啞然無聲的空氣也在體內流動
像血液
爬到喉嚨的位置
翅膀忘不了它自己的自由
替一段溫柔的曲子打拍

螞蟻
到了上班的時刻
蝴蝶早就整妝待發
露珠
它把清晨當作鹽巴撒在田野
熠熠發光

泉水在散步

它要去一處光明的小島

透明的霧中沒有人不幹活

除了鳥兒不聽指揮的

從一棵樹飛到另一棵樹

白頭翁不忘提醒世人

美好的時刻正在氧化，生命正在發酵

辦公室裡我洗著碟子

辦公室裡
我彷彿見到自己的影子在空中
絢麗地張開翅膀
向著一條既暗且長的街道飛去

那些呼風喚雨的人全走了
有意見和沒意見的人也走了
忙於開會的我突然安靜下來
對著鏡中揮揮手
那是我嗎？

左手抓起右手

右手搔著腦袋

糊里糊塗地和他在月光走了許久

月亮打扮樸素得像位助理

她把發言的星星寫進簽呈

丟到面前要我簽字

我停下來了

被一名黑衣使者給撞上

從床上躍了起來

百思不解地看到自己

正低頭在辦公室裡洗著碟子

起床

黎明早早亮了
天空宛如一塊裹腳布
浮雲減半
心臟包覆在溫暖的被窩裡
作夢的軀殼動蕩不安

九十三歲高齡父親的聲音
破窗而入
　　起來喔！
　　吃早餐囉！

壓低嗓門
端坐發動中的搬運車上
聲音像從喉嚨裡吐出核桃來
　　唉……幹！

鬆脫的骨骼一下子像車廂般
一節一節劇烈的拉動
搖頭晃腦地向沿途
燃燒的萬物追趕

迷途文字

有位朋友把我的短途板馬
贈送給了鄰居
偉大的街道閃到一邊去
優柔寡斷的公車東轉西轉
路上的行人不分黨派
攘攘熙熙

但
內心彷彿躲避什麼
一位玫瑰少年
對我推銷難懂的道理
我膨脹的詩歌閃到一邊去
我醒來發現那城市就在隔壁
賣不掉的書就是我的詩集
紅熱的太陽拔刀相助
隨手放了一滴靈感在我的夢裡

出乎意料的安靜

我聽說良善之星

可以收服地球上的雷電

一顆葡萄撲通地

滑進了我的喉嚨深處

工作

您細細的眼神是我的押韻

當我讀了嘴唇

再次聽到

血小板的聲音

沿著輕敲的血管

進入詩的身體

胸腔

扒開囊腫的細胞

匍伏在斷開的句子裡

觸動我倆

尋找問題的樂趣

執法少女

夏日之死
時間強忍悲痛
它以一束鮮花默哀
群樹屏息致敬
貓的瞳孔寫下遺囑

飛鳥塗鴉那幅歸隱的畫作
卑微的秋天趕來弔唁
它率領一群天使
冬天已經啓航
但它隆重的奠儀尚未送到

露珠只在草葉上留宿一晚
滿臉悲愁
在往辦公室去的邊緣
我底內心昇起許多往事
都在怪物的春天裡發生

也許有個自然
可以解釋這些現象
那裡住著四位執法的蒙面少女
她們活潑、她們年輕

儲能小行星

清晨
鳥叫的聲音中
我學會一種叫喳喳樹的語言
很美、浪漫如莿桐花的嘴唇

我見過的那些山、那些曠野
無關乎邊界的海
都被我收錄在潛意識的河流裡
和美麗的村莊一起編織

我聽到的那些歌聲、曲子
已不在五線譜上
被我組合進日子裡
成為巨鷹的迴響

一些鋒芒畢露的文字
被我打印
裝訂成一行又一行的句子
夜裡，我提著燈籠
尋找一顆又一顆的露珠
它們閃潔在空中放行

我觸摸過的磁磚
表面已經風化
被我用攝影技術珍藏
剪貼在日記簿裡

那些和我握過手的人們
我記下他們的體溫和名字
有些如匕首
插入心臟令人窒息

但我會永遠記住他們的臉頰
像夏天的彩虹
它們都是儲能的星星
在夜晚的紀念冊上閃爍

我
在
焊
接
工
廠

翻開視線

一些溺斃記憶中的臉孔再次浮現

歷歷恍如當年的樣子

那時見到閃亮的焊渣

如金屬的線條飛竄

機器人擁抱美麗的車體

彷彿腰間摟著愛人般

情意綿綿的冒出火花

皮帶、風扇、敲打的聲音

彷彿一群缺了指揮家的樂隊

哀傷哀語在演奏時間狂想曲

逸散的油漬、汗水

和燒焦的肉體味道中

要是有什麼念頭閃過

一定是

他們在此幹活二十、三十年了

工作讓他們

既摟著時間又忘掉時間

清晨，出口的陽光中
夾帶斜雨
在一棟大樓底下吹奏鍍亮的喇叭聲
在金屬的麥田裡找到成熟的玉穗
動手撥開欲拒還迎的露珠
像爐渣般滾過黎明的輸送帶

手臂揮舞的機器人
企圖從吊車纜繩中
抓住搖晃的機會親吻它們

濕淋淋黝黑的瞳孔裡
只有零星品質的炮聲
要是您問我
　生產線的情況怎麼樣？
我的回答是
　我既愛撫時間、也忘掉時間

日子

每天踩在刀鋒的路上
工作
燦爛的白色泡泡在燈管上移動
身體是月光、內心是太陽

慾望的小人國裡住著
春夏秋冬
還有許多不知名的小蝌蚪
日曆桌上翻來翻去
尋找
炸過的薯條香酥魚

豆腐髮辮在風中逗弄乳房和肌膚
一群機器人擠在十號線上
擦拭轉盤和磁碟
生產線的花色籃子裡放著
凍漲的薪水條與消失的黎明
它們是夜晚的星星
依考績排列在移動檯車上

第一〇九四文件

日子之中看不見的幽靈
出現人生的面孔

懸崖上的紅毛猩猩長著獠牙的骨肉
藍色格子襯衫的胡麻蜥蜴
在春天的蟬與夏日之間
爭奪破碎花瓶的陳年往事

捕風捉影、戲弄文墨
鍛鍊成為人類的字句
摧枯拉朽地執行輸入
刪除、竄改的手術

塗抹隱喻的旁白
拍案叫絕地縫補
一支筆摧毀了一張白紙

儘管這份想像充滿爭議
合約內容也無法律可循
卻成就文字的美
讀者們的最愛
句子的極佳想像之一

一輛卡車誕生

汽車不曾出版在荒野
小羊駝不曾在工廠工作
但牠倆
在兩腳獸的見證下
誕生種種可能

凹凸的輸送帶上
螺栓彷彿一隻小羊駝
氣泵跟在牠後面
是一隻猙獰的美州獅
一陣追逐、廝殺、爭奪
草叢裡發出求救的聲音

暗電流

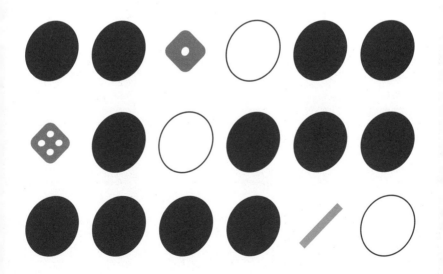

歷史　刺骨的一股寒風
江月　冷笑至今
千古洪流　都進了詩詞的胃

死神每天都在測量我們的身材；但
沒有一件是我們滿意的衣服……

當美麗不再是美麗，碎片成為河流
一個毒販十七歲，如此年輕
他的照片投射在雜誌封面某處

病人抬起下巴對我說　他不想死
從此喪失記憶……

爺爺爬過的樹幹，我像熊一樣爬著
美麗的蘋果正在聽……

春風寒透涼心
寸草破景生暉
華枝抱嫩芽如幼兒吮乳
嚴母立於地……

龍
吟

歷史
刺骨的一股寒風

江月
冷笑至今

千古洪流
都進了詩詞的胃
填飽柔腸

天堂的岸邊

六月的窗子是坦蕩的
停靠在我腦海裡的日子依然存在
它們像發亮的小船
那裡的時間不是小齒輪透露的
那裡
所有的故事被壓縮成一紙扁平的獵人

甲板上
我曾經擁抱過的少女和她的夢都還活著
每年夏天
我和妻子的靈魂都會來此相會
依舊可以找到年輕時約會的教堂
而那艘
被親吻過無數次的小船
已經遠遠地擱淺在天堂的岸邊

母
親
的
傷
痛

雨的房間裡
住著超靈魂的母親
兒女的陽光
向母親的房門致敬

母親的寓所
孤獨的
是一間向日葵公寓
一往情深地
隨著陽光的軸心旋轉
要轉到哪兒去呢

一個毒販十七歲
如此年輕
他的身影投射在雜誌封面某處
三月的風
飄著被流放的哀傷

閏
七
月

日子不可缺少的氖元素
攀附在捷運車廂外
徒手抓著靈魂

媽媽回來了！
姑姑也回來了！
秀吟和奶奶、以及
不知名字的親屬們

陌生的靈魂拉著熟悉的靈魂
飢餓的生命混合苦難的生命
在閏七月的市區裡
石龜魚出沒與軌道彎曲的地方

下午來剃度的靈魂很少
雨水像滋潤的溫泉
坐在龍山寺的石板上發呆
　快點進來坐吧！
廟裡的師姊這樣喊道

這讓我不禁想起妳的任性啊！
已經無法尋找肉體
像一隻紫斑蝶飛過
孤獨野薑花的矮叢

彷彿死亡前的安靜

失眠的孩子在尋找他的手機
洋娃娃在夜間長大
不再是個乖孩子
抱著玩具哭鬧

我罰它背書、寫字
數著天花板上的線條
枕頭淪陷了
床單也被屈辱

星星板起面孔
月光在灌好的水泥塊等待風乾
大腦翻滾
眼睛冒泡

直到
一個詭計得逞

它走了，將近六點
已是拂曉
臨走時天空有多糟
彷彿死亡前的安靜

蓄意的荒蕪

美麗不再是美麗
碎片成為河流
完整的記憶掛冠求去
大片江山只留下殘滴

腦中一只荒蕪的殼
它的存在就是忘記
日子就是墓地
緊跟著受苦的肉體

世界萎縮
精神一片片剝落
我以為見到了精神
原來是物質和一堆瓦礫
卵磷脂的空虛

輕吻的是肉體
擁抱的是殘存的墓穴
像一棵漆樹流著芳香的液體
以弔唁的思想吸引陶瓷的月光

五月的交流

陌生人
您有一個燦爛的計畫
行程遼闊、陽光盛開

在那深呼吸的湖畔
您將看到群星划著漣漪
對您述說一切事物的順序

松子掉落身後的經驗上
新砌的墳前
一朵朵小花像燕子般呢喃
此行歸您所有，此路歸您行走

低頭凝視水中的倒影
轉身看看背後的翅膀
晴朗的天空正邀您一起遨遊

手術台上的月光

憂鬱的寂靜
彷彿綠色的月亮升空
時間在窗櫺徘徊
手術室
月光劃破一更、二更、三更

病人抬起下巴對我說
他不想死
就此喪失記憶

一切從那晚的夜色說起
憤怒的眼神讓我意識到
躺下的他宛如
死亡漿果碰撞地面
爆裂開來的聲音

澈底檢查他的身體
滿目瘡痍的肌肉
痙攣著螺絲的痕跡
護士指出其中一根骨頭說
　　就從這兒開始吧！

嬌小的月光被趕出黎明的洞穴
流著靈魂的點滴
像顫抖的章魚
它們短暫的坐在一起
時間只是變換位置而已
討論著
流乾血液的數據

街頭

走在荒謬離奇的街
走在行人不說話
夢遊者滑著手機的街
街道的兩端是並排的早餐店
不認識的影子相互攙扶
和寡婦一起投宿的地方

燈紅酒綠的巷弄裡有許多任性的酒店
讚美、喟歎、貓頭鷹、鼯鼠
這裡無所不包
有一隻黑色的毒蛇預言
浸泡過的恐龍骨被刪除
其餘什麼也沒發生

一個雙手插進口袋裡的男人
在手掌的指紋上畫了一個圓圈
瞇著魚尾紋笑容可掬地說
　　黃昏時閉上眼睛，靈魂就被接走

中午

幾天前
我站在枯萎的草堆中尋找花朵的足跡
一輛柴油卡車正在清洗油槽
它排出的機油宛如瀝青的遊魂
流向飢餓的路面
一下子就被排水溝的嘴巴吸乾

一對年輕夫婦跨騎在狗狗露背上
向急診室大門奔去
歪歪斜斜地口罩拉得很低
中午十二點
食物胖達人和聯邦快遞小子
滿街穿梭

一旁哭哭啼啼的樂隊吹著樂器
僅管沒有人按電鈴
但死神
彷彿在敲隔壁的門
母親把小孩緊緊摟進懷裡

幸福的婚姻

幸福的婚姻，愛情
但它的安排如此之糟
相互包容、撫摸
忘了身上穿著鱗片的浴袍

那裡只有緘默
柴米油鹽
等待
和作曲家一起度過耐心的黃昏

它們唱歌
引來日子的小插曲
卻沒有引燃內心的孤寂

拉啞的小提琴
盤旋已久的直升機
白色禮服上的黑色信鴿
它們在內心裡不斷吶喊著
　過去、過去……

葬
禮

大自然是最難翻譯的詩人
你我手中都有這本詩集
它的紙張是昂貴的松樹造的
森林拼湊出來的葬禮
每砍掉一棵樹
大自然就舉辦一場葬禮

我們不知它何時降臨

爺爺爬過的樹幹
我像熊一樣爬著
美麗的蘋果正在聽
沒有人知道
安然的日子裡有那麼多死亡

死亡毫無顧忌
死亡覆蓋在青草地上
在酪梨園的果實底下
它的根擁抱玫瑰花朵盛開

我說話時它在聽
媽媽洗衣時，它在門外
當它咬下聖誕節最後一口蛋糕時
聽見門口高喊：
　　大哥死了！
而我們仍不知它何時降臨

星星交班的時候
天空柔亂地像一盤剛梳洗的女人的頭髮
月亮在風中聆聽
桃子的絨毛發出嗡嗡之音

水腫

日復一日
沒有靈魂的肉體像狗一般
狂奔在通往基隆分院去的路上
滿地泥濘的水坑
秋風彷彿才剛解凍的針頭
一路追著落葉施打

懶散的夜景和無精打采的計程車
濺起亡靈的臉頰貼向兩旁牆壁
生鏽斷垣的建築物上
歪歪斜斜掛著選舉人的肖像
他們的頭朝下而嘴巴朝上
像一隻鱷魚肺呼吸著
老掉牙的政見和水腫

這麼晚了
老舊不堪的街景讓人擔憂
病床上那些急救無援的燈光下
醫生正低頭寫著死亡證明
白布像落葉般蓋住了死者的臉

無
題

翡翠、櫻花熱舞的清晨
雨絲折斷無翅的寒風
果實的枝頭顫動

出門的水和回家的冰
它倆談了一場沒有結局的戀愛
熄滅了

春風寒透涼心
寸草破景生暉
華枝抱嫩芽如幼兒吮乳
嚴母立於地

一葉拂袖而去

藤蔓的纖足
毒蛇般纏繞的柿樹
棗紅色的果實像貝殼
斜倚在群鴉昏叫的秋天
一葉又將拂袖而去

花蕊的往事匯集到果實的核
極其考究的花叢中
只有一片枯葉老去

親愛的
我已察覺到痛楚
詩歌已經置於我的頭頂之上
若是降霜的傍晚來臨
漂泊的月光將在日記裡
迎來冬的第一次狂喜

皎潔的火焰不再黯澹
或者成為灰燼
淚水猶如骨灰
撒在青春的塔頂
唉！漂亮的花朵
在同一個地方生長
也在同一天凋零

一生的衣服

死神每天都在測量我們的身材
但
沒有一件是我們滿意的衣服
匆忙之間就把它換上
慌慌張張趕赴一場約會
　　你我並不在場的盛宴
結果是糟糕透頂的醜事一樁

油桐花

氣溫三十二度半的中台灣
雪花、白色的詩、卡片
耗掉了毀譽參半的下午

薄如夏蟬的油桐花
互相推擠、冷嘲熱諷地
被一隻瓜子大的金甲蟲踐踏
從它們死亡的身上跨過

牠好奇地看著如此多的死傷
來自一棵六米高的樹上
沒有宣戰痕跡
也缺乏打鬥記號
解釋被突擊的徵兆

沒有風、沒有雨
聚集在燕尾服的草地上
如果去年是從這兒開始的
今年也將在這兒結束

發黃的臉書死後才看到

為什麼年輕時想去的地方
只有死後才能真正抵達？
我只是比你更早看到祕密

安靜的入圍者
八月，正悄悄
星流運轉的朝山谷走去
怪霧穿過低矮的石榴樹
它白色的身影並不孤單

焦慮的楓葉閉口不說話
安靜的蛆蟲
盤根錯節於堆積的淤泥

辛酉年九月十八日午後
被短暫拉長到蝸牛攀爬的石壁
墓碑上的刻文試圖說出一些真話
青苔低頭不語

我只需數一數下個季節
枯萎的花草已自你我心中移去
彎曲的手指仍不忘初衷
來回於喬木林中穿梭
灌溉情慾的幾畝田地卻赤裸身體

歸來吧！
被排放的孤魂正站在地平線上凝視
那片變黃而自殺的黃金樹幹叢

告
別

那時
舊手機的答鈴聲裡
我已把話說完
再也無法回頭

另一個世界
要經過火的容顏化為塵土
淚水早就成為風的灰燼
無所不在

喧騰一時的記憶
成為照片
避居在闊別的儀式當中
鮮花一瓣一瓣的翻閱

去發現
詩的左手和右手
找到其中一個聲音
從遙遠的地平線的一端傳來
鑽進孩子們的夢裡

或者像春暉
投射在一棵搖晃的橄欖樹上
證明院子裡的黎明一如往常
大雨熱烈地討論
今年春天
櫻花樹依然盛開

安靜火場圍觀者

傍晚時分的雨寧靜下著
東北季風正在欺壓一棵大樹
要它彎腰

鄉公所對面的路燈困頓地打哈欠
變壓器的閃電遭遇雷擊
發出怒吼的慘叫聲

狂風中
誠懇、安全混合著口哨的名字
在電力公司牆壁掛著的值班表上
不論晴天雨天
他們得全副武裝迎擊

高粱酒的空瓶子
幸災樂禍地幻想著缺貨的自由
紅色救火車呼嘯而過

消防人員口吃的驅趕路人
　　快！趕緊！裝上了沒有……？
彎腰、拔出插銷、插上水管
抱起一條長長蠕動的白蛇
對準冒火的金星濃煙奔去

受傷的人奇蹟式的被抬到路面
有人泣不成聲
有人高喊
　　天啊，請幫忙我的房子……

一位老太太緘默的站在人群中
拿出手帕安慰自己
她雙眼失明，什麼都看不見
不停地轉頭問身旁的路人
　　發生了什麼嗎？

柔和的月光

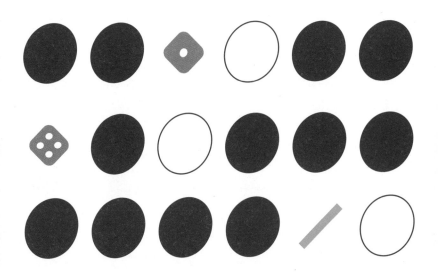

那兒有一間房子
陽台上曬著妳未乾的畫作
那兒有一只信箱
信奉的是愛情的郵差

愛妳是我的原著
儲存在生命的細胞核裡

當祂取下兩只靈魂
擺進一個括弧裏……

這是心碎的底片嗎？
依附在妳的靈魂裡沖洗我的影子

我捏著黎明不敢放行，深恐
一溜煙，就失去夢境

但我熱
我像害羞的雲……

雨

乾燥的日子裡
只要有雨
心就會打開

傾盆大雨
像拔掉塞子的巨大盛水器
嘩啦嘩啦下著
從夢中驚醒

望著我倆的天空
與妳一起相擁而泣
如果妳忘了我
沒人知道怎麼一回事

禱告

那兒有一間房子
陽台上曬著妳未乾的畫作
那兒有一只信箱
信奉的是愛情的郵差

那兒有一口池塘
水龍頭的水流著浪漫的友誼
那兒有一個夜晚
羅列著是我愛妳的星星
那兒還有一間教堂
可以替我倆的故事見證

徒步
從我這裡走到妳那兒
剛好從清晨到夜晚
那兒有一通電話
來自三萬米高空的黎明
附在我耳邊被監聽的夢吵醒

　愛妳是我的原著
　沒有人可以奪走
　除了上帝各靈魂
　注定被妳翻譯一輩子
儲存在生命的細胞核裡

眼線

沒來得及收手的眼線
在光線中瞥見妳
身體柔軟的像一朵彩雲
枕在夜色的臂彎裡
四周紊亂崩解宛如
向日葵的碎片

一輛駛過天際的卡車
載走了窗櫺上等待思念的雨
再見吧！
和某個不明物體的撞擊
安靜的日子裡突然出現閃亮的火花
沿著手機的兩端移動

以為是自己無意間抓到的緣分
還來不及把握的當下
已經被當機的誤觸從內心裡刪除
十一月
再也無法做九月裡的事

外
套

遇見妳
在秋天簡潔的空氣裡
聽見彼此簡單的談話昇空

那時候
粉紅色的雲彩正在油漆天空
我倆選擇一塊二千年的石頭坐下
妳靠在我的肩上
我聽見三十歲的呼吸聲：
請給我一首詩吧！
　什麼時候把你唯一的傾訴寫完？

怎麼說呢？
三十年過去了
妳走進我的句子裡
我是那支一直在工作的筆
企圖把薄薄的紙張填滿

喊我

沒有忘記我倆的屋子
落日把忘卻的桌巾沿著黃昏舖開
猶如屋後低垂的橄欖枝椏
向我倆俯身示愛

霧中，如果妳夢見我
請輕輕地喊我
不要用力將我搖醒
感情的心最易破碎
儘管我正打著鼾聲

也不要告訴我
妳單飛的路上曾經有過什麼遭遇
或許很多、或許沒有

妳的良善正向著我的沉默靠近
像黑夜裡的一盞燈光
星星以身相許
或許您已經見過夜晚
而白晝還在對妳訴說款曲

當夏日的榮光展開和顏
天空是那孤枕的白雲
喊我
請以我的知音自居

一顆石榴造就一粒蕃茄

什麼曾經被激盪？
愛情和它放大的故事
孩子們站在窗前聆聽
上帝依舊信任人類
用祂的語言禱告

但世界變了
我害怕醒來的黑暗
像石墨般
在夢中
與我苟活四十年
擁抱一段殘存的日子

一段被磨損的祕密
此時，像貝殼般打開
赤裸在花語和陽光下
不再恐懼
它的肌膚會被清晨曬黑

當祂取下兩只靈魂
擺進一個括弧裡
且將他們的形體也放在裡面
不再害羞地教導
什麼是命運

一次偶然的邂逅緊緊相依
彼此相愛
有時
太陽躲在絲襪的花園裡
黑色的雲層
依舊送來養分

如今
他們喜歡山的祝福
也愛上一場雪的風暴
讓自己學會等待的靜謐
以一隻耳朵聆聽
來自內心的歡喜

情人節禮物

用什麼留住妳？
您不在東、也不在西
妳是少數日子裡留不住的南
更是一人獨照鏡子的北方星辰
無人拜訪過的海中島嶼

一溜煙
歷經風火如林的演奏之後
厭倦了地平線返回的協奏曲
餘音繚繞在沒有塵跡的仙境

我
身為筆尖愛好者一員
切開天空之後找到了
一行被撩起的句子
暫且
以飛鴿傳書的方式與妳互訴款曲

窗
牖

破曉時妳不在身邊
九月裡我無法多為妳保留一日
妳的存在盡成了影像
像不說話的窗子
對著我望

孤獨的太陽經過時
白色的鴿子揮揮手
所有的悲傷化為羽泥
我常坐在那裡眺望碼頭上的落日
日子像海裡的船，頭也不回

許多事物彷彿剛剛開始
美麗的事物注定早已經結束

我吻過

我吻過春天

當它帶走了玫瑰

是那樣的嬌柔

我吻過長睡不起的記憶

它們在美好的歲月中

答應以花瓣作為紀念

我吻過青春已老的皺紋

當它再也無力釋出更多的柔情

我吻過愛情寫成的句子

清晨的郵差未送走它之前

永恆的紀念一直在我耳邊嘮叨

　　別相信它

　　請珍惜現在

我吻過黃昏
送過有雨的落日
夜裡，像閉口不說話的珍珠
吻著窗口上尚未打開的黎明
我吻過日子裡的黑鳥
不管那天是否晴天
都無法留存下來

在我吻著自己的傷痕時
慶幸烏漆抹黑的它們還活著

情人

我的情人
彷彿將逝的柔風中
漂洋過海的白色絲絹
她在鏡子裡朝我揮手
卻隱藏自己的靈魂
我走向她
看到了我對自己的愛憐

她是深藏一塊布料上
伸展筋骨的永恆
嫣然一笑
耗盡我的一生
聲音宛如一道清澈的水滴
永不休止地在我血管裡流著
黃金般跳躍的記憶
一會兒滑過心臟
一會兒使我的雙目麻痺

當我把手伸進花瓣底下
她是水中擺盪的露珠
一尾深海的魚
游向粼粼顫動的肉體
我和她一起掉進漩渦底下而不自知

我倆一起回憶吧！
當情書的膠囊已被畫家查封
蓋成鋼筋混凝土的屋子
畫具成為雲的收藏品
儲存在樹林的銀行裡

我可以簽下最哀傷的句子
如果春天只剩下原來的一半
而妳仍在減肥的季節裡
等待蒐集香水的花朵降臨

沒有什麼比夜晚更富吸引力的約會
當白日把含羞草的果實
藏進心窩裡頭
星星在晚餐的碟子裡
供我倆一起分享

我哪裡也不去
除了審視妳深愛著的生命

出
口

這是心碎的底片嗎？
依附在妳的靈魂裡沖洗我的影子

時間跑道上妳愛的風
妳愛的雨著陸了
它們找到安心的港
天空縮小了
妳喜歡的花朵成了最大的雲
覆蓋在太陽城市
展開和顏

當我眺望不動的樓宇
宇宙減輕了，心靈縮小了
但那些靠近的距離都在遠離
心跳和河流成了一體
溪水越過冒泡的屋頂
它們消失在院子背後

被迷昏的蝴蝶企圖翻開五月的抽屜
牠展翅在葉子上的形狀
超出了我的想像

奇異的燈光下
草莓吐出的露絲緩緩加長
它把四周的虛無都吞進腹中

美麗的午夜
就像一隻會跳舞的蜥蜴
牠吹噓瓦楞上的清晨
沿著菱形的窗邊下沉
妳是那草裙上的柔風啊
掛在嘴唇的沉默
安靜地沒有它的語言

情書

愛人靜靜凝視手中的照片
背景是孤獨的
月亮也是孤獨的
他倆都在凝視水中的倒影
鏡中的焦點和模糊的座標
射出的箭

自己和一本小說的情節
眉目傳情地流向
無法預估的遠方
但情書中的時間是靜止的
靈魂，彼此攜手著……

三十八度半

滿是皺紋的臉頰上
從未被化妝品的技巧拭去
輕輕的吻還留著
淡淡的齒香
是牙膏氣味混合著口香糖
還是
未消化的葡萄酒蒸餾在咖啡中

但，這無關緊要
當時的嘴唇就像一朵玫瑰盛開
燦爛的陽光也還在
試圖尋回當時的體溫
三十八度半

翻箱倒櫃地找
終有一天，會對自己說
我愛那已老的臉頰
上面年輕底吻
既不屬於妳，也不屬於我

於
是

我忘了書架上還放著妳的情書
盤子裡也有妳喜歡吃的炒菜
空氣中還瀰漫著
潰散的香水廣告的味道

妳的笑容插進了我睡覺時的鐘點
竊竊私語的嘴唇抹過
「勿忘我」的窗邊

妳是我忘掉省分追求的名字
如今
所有這些不該忘記的
早已如冬蟲夏草
窗簾皺褶裡
溫煦陽光中閃過的耳鳴
縱身一躍
跳過了黑水溝的黎明
消逝在湖光山色安靜的水面上

當年妳説：回憶是痛苦的
想來千真萬確
夜裡
我捏著黎明不敢放行
深恐
一溜煙，就失去夢境

但我熱

但我熱
我像害羞的雲
翻開衣領
躲進溫暖的太陽裡

剝開橘子的皮
妳像李子一般溫柔
在毛髮裡和妳相聚
是一場窒息的細雨
歡聚在閃電
悸動在雨中

之後
黎明有了嫩芽
閃電有了蘋果
僅僅一次相遇
天空有了歌聲
有著唇齒相依的夢

但我熱
有著三寸不爛之舌

吻

從記憶上說
我遇見了吻
和之後一系列的我倆
迷路了

把愛撞得粉碎
稀巴爛地，因此
伸手想抓住一些念頭
拼湊回原來的樣子
但幾乎已經不可能
再約：下次

如今
我看到的依然是那條清澈的溪
永不休止地流著
春天一到它也穿上新衣
出現在蔚藍的大地

骰子
　　與
葡萄

交織的舞會

作　　者　　古　魯
特約主編　　蔡富澧
執行編輯　　陳信寰
封面設計　　吳時薇
內頁排版　　吳時薇
內頁插畫　　Vicky、巧苑生活工坊 Winy

出　　版　　魚田文化有限公司
地　　址　　台北市大安區基隆路二段 112 號 3 樓
出版專線　　0921-300-192
電子信箱　　yutianculture.co@gmail.com

母體單位　　社團法人台灣人間魚詩社文創協會

總 經 銷　　聯合發行股份有限公司
地　　址　　新北市新店區寶橋路 235 巷 6 弄 6 號 2 樓
電　　話　　(02)2917-8022

印　　刷　　漾格科技股份有限公司
法律顧問　　寰瀛法律事務所
　　　　　　王雪娟 律師

ISBN　978-626-99251-0-0　（平裝）
初版一刷　二〇二四年十一月
定價：400 元

國家圖書館出版品預行編目(CIP)資料

骰子與葡萄交織的舞會 = Intertwined revelry of
dice and grapes / 古魯著. -- 初版. -- 臺北
市 : 魚田文化有限公司, 2024.11
　　面 ；　公分. -- (自文學. 詩集 ; 1)
ISBN 978-626-99251-0-0(平裝)

863.51　　　　　　　　　　　　113017250